安德里亞斯・史坦哈弗 Andreas Steinhöfel——著
潘世娟——譯

通心粉男孩

Rico, Oskar
und die Tieferschatten

通心粉男孩

Rico, Oskar

und die Tieferschatten

推薦文一

一根通心粉開啟的無限想像

台灣好漾兒青協會理事長、國立臺南大學教育學系助理教授　呂明蓁

因為一根掉在街上的通心粉，開啟了書中主人翁里克的無限想像，讓他找到機會去拜訪鄰居，去製造老師要他寫的暑假生活作文題材。

為了追查通心粉的來源，他把街上每個可能吃通心粉的鄰居想了一遍，並盡可能的觀察他們。他把追查這根通心粉的來源當成一件大事來記錄。因為這樣，他認識了一個戴著藍色安全帽但很杞人憂天的天才兒童，奧斯卡。這兩個星星男孩的相遇，牽扯出一樁兒童綁架事件，還讓里克因此展開了一場都市探險旅程……

咦？我破梗了嗎？我覺得沒有。因為這是個愈讀到後面、劇情愈精采，愈無法放下書本的故事。這故事有著豐富的多元文化背景。

首先，故事裡的兩個孩子都是特殊兒童：里克被標籤為弱智（智能障礙），奧

斯卡說自己是天才（資優）。但在我眼裡，里克一點都不弱智，或許充其量只是有些學習障礙。他的天真、單純，以及極富想像的思考是這個故事精采的來源。他的思考或許不快速，但對人的真誠及觀察的細微，讓他贏得不少來自大人及同儕的友誼。奧斯卡的資優，呈現在他早熟的腦袋以及快速的、具邏輯的思考。再者，單親的里克和媽媽之間的互動緊密，儘管在書中的描寫不算多，卻讓人覺得很溫馨。

總而言之，這是一本老少咸宜，適合大眾閱讀的小說。從兒童的觀點來看，這是本引人入勝的少年偵探小說，儘管其中有些用語比較艱深，需要引導，但都可以從書中的註釋學習。從大人的觀點來看，這本書有著多元家庭及社區型態和特殊兒童的描述，值得家長和老師引導學生思考、欣賞及學習。

推薦文二

重新觀看孩子的不同

「還孩子做自己行動聯盟」發起人・家醫科醫師　李佳燕

有沒有過這樣的衝動？看著ＤＶＤ，劇情緊張懸疑，必須安靜的坐在螢幕前熬到真相大白，真是如坐針氈。於是，你打開電腦，搜尋影片資訊，找到爆雷文，知道了結局，才安心的繼續看完影片。如果你從來沒有過這般難耐的好奇，《通心粉男孩》將是你的第一次。

一路讀著，讀到三分之二時，我必須花很大的力氣，按捺住我一直想翻到最後幾頁知道犯人是誰的衝動。闔上書頁，那被悄悄激起乃至澎湃難擋的好奇心，因為被滿足了，終於得以安頓。

主角里克，在大人的世界，被定義為「弱智兒童」，是在台灣會被喊「智障」的那種小孩。作者花很多篇幅仔細描述，當大人認為里克反應慢、邏輯亂、腦袋放空的時候，里克其實看到大人視而不見、思而未想的諸多細節，他的腦袋精采萬分啊！書裡一段描述：「老師多年來一直試圖讓我腦袋裡亂蹦的賓果小球變得有秩序，他根本就是白費力氣。我曾經想建議他，與其去控制那些小球，倒不如先讓整個機器停下來，但是後來我放棄了，如果他自己想不到這一點，那就算他倒楣囉。」說足了大人以為愚蠢甚至空蕩蕩的腦袋，可能只是出乎大人意料、無法想像的腦袋而已。

與弱智兒童搭檔的是聰明絕頂、博學多聞的奧斯卡。作者讓天才奧斯卡成為受困的對象，是多麼巧妙的安排，顛覆了傳統強弱優劣的認知。然而對里克而言，他所感受到與奧斯卡的差別卻是：「我的心情幾乎總是很好，雖然我知道的事並不多；奧斯卡知道各式各樣稀奇古怪的事，然而他的心情也因此沉到谷底。」

我們曾經是孩子，也曾經腦袋裡裝滿大人視為怪誕荒謬的想像，做過許多讓大人搖頭嘆息或暴跳如雷的事。但是，我們長大了，關於孩子，我們遺忘殆盡，知道的已經所剩不多。而《通心粉男孩》讓我們重新觀看各種各樣的孩子，懷抱著謙遜的心。

推薦文三

一本集優雅、趣味但懸疑的精采小說

作家　番紅花

看到這本青少年小說《通心粉男孩》能夠將文學的優雅、趣味的情節、黑色的懸疑發展等諸多素質，精巧美妙的融合於情節發展，閱讀起來流暢而愉快，有時眼角會因為少年里克的天真純良而泛淚，有時嘴角會因為天才男孩奧斯卡的膽小可愛而上揚。

這本拿遍德國兒童文學大獎的故事，不僅讓我們觀看到孩子們那如金子般高貴的內心，也看到了家庭之愛、鄰里之愛對孩子的影響與安慰，是如此的深遠而無可取代。

故事從躺在路邊的一根義大利通心粉開始，上面有髒髒的汙垢和乾了的乳酪醬，孩子不正是最喜歡撿拾路邊小物的小獸嗎？這根通心粉會是誰從哪裡丟棄的？

這根通心粉和震驚柏林的連續兒童綁架案有什麼關係呢？哪一個才是可疑的壞人？里克和奧斯卡後來面臨了什麼樣的人質危機？他們最後能安全脫身嗎？

《通心粉男孩》不是一本通俗的綁架偵探書，它是一本行雲流水、黑色幽默、氣韻高雅的小說，而且絕對讓青少年愛不釋手、大呼痛快。

太好看了！

推薦文四

孩子間的友誼沒有差別

兒童文學工作者　蔡淑媖

讀完這個故事，隨即興起一股強烈的動機，那就是：再讀一次。

好佩服作者的鋪陳功夫，那看似過度細述的字字句句，其實隱藏重要的線索，只是讀者在閱讀過程中，會因為主角積極熱情的牽引而一路往前，隨著他的心情起伏蕩漾，不自覺用他的眼去看事情、用他的思維去想事情，陷入他的情緒裡，直到最後才驚覺自己應該保持清醒。

主角在書中不斷提醒我們，他是一個弱智兒童，他的腦袋有時候會一團混亂，像賓果滾輪機裡亂跑的小球；他遇到不知道的事情就會查百科全書或問人家，然後把查出來的東西記下來。他認真看待周遭的人事物，帶著真誠勇往直前。一般人是不會對人行道上的一根義大利通心粉感到好奇的，他卻是因為這根通心粉，帶領讀者展開一連串懸疑的探索事件。

這是一個引人入勝的偵探故事，最特別的是，進行偵探工作的竟是一個弱智的孩子，而受困的則是自稱高智商的孩子。他們之間的互動，在在讓我們看到兒童之間的友誼與義氣沒有所謂聰明與愚笨的差別，每個人都是獨立、特別的個體，都值得被肯定與尊敬。

好的作品值得細細品味、一再重讀，更適合親子共讀討論與分享，真心推薦這本好書給大家！

校園好評推薦

一根通心粉要展開什麼故事呢？是帶來趣味？溫馨？驚喜？還是省思？這是一段保證不會讓人失望的冒險奇遇。里克與奧斯卡，智商天平兩端的絕妙組合，經歷卻多彩多姿，精采感人。當里克真情而誠摯的問奧斯卡：「明天你會再來嗎？」毫無遮掩的表露出里克想要擁有真正朋友的渴望。

驚悚懸疑的綁架案將兩人的命運緊緊繫在一起，弱智與天才、區辨與記憶已不再重要，因為「真正的朋友總是會給對方留時間，他們願意彼此盡可能分享更多美好的事物」。

——新北市青潭國小校長　曾長麗

一個經常被標記為智能遲緩的孩子卻擁有極其敏銳的觀察力，當他意識到朋友有難時，努力突破自己的極限，積極面對問題，挑戰困難，勇於承擔，這種態度與作為令人讚歎！

作者文筆流暢，描寫孩子內心感受時細膩生動，尤其各種譬喻用法別出心裁又恰到好處，讀來不禁會心一笑。故事鋪陳伏筆處處，看似平淡無奇的尋常記述，卻是最後收網的重要關鍵；即使讀到最後，都還想回頭去檢視前面的線索。懸疑、緊張最是吸引人，讓人想要一口氣讀完。

本書鼓勵孩子打破外界設下的限制，相信自己的能力，勇敢嘗試，解決問題。

——臺北市文化國小校長　鄒彩完

目錄

1

星期六 撿到的通心粉

一根通心粉躺在人行道上，很粗，表面有槽紋，有個洞從前面一直貫穿到後面；上面有乾掉的乳酪醬，還有髒東西。我把它撿起來，擦掉上面的汙垢，抬起頭，看了看帝福街九十三號老舊的臨街窗戶。夏天的空中沒有一片雲，甚至看不到飛機飛過的白色氣流凝結雲；而且我想，應該也沒有人能夠打開飛機窗戶往外扔東西吧。

我走進公寓，踢踢躂躂穿過漆成黃色的樓梯間，上到四樓，按響大鈴阿姨家的門鈴。每個星期六，她來開門時頭上都綁著一個巨大的髮捲。

「可能是波紋管狀通心粉，醬料絕對是格爾根朱勒乾酪。」她很確定的說。「你真可愛，小寶貝，特地把這個通心粉拿給我看，但是我可沒有把它從窗子扔出去唷。你去問問費茲克好了。」

她咧著嘴，笑咪咪的瞅著我，還用手指輕輕的敲敲頭，眼睛往上瞥，瞧了瞧上面。費茲克住在五樓，我不喜歡他，而且原本我也不認為通心粉會是他的。大鈴阿姨其實是我的第一選擇，因為她常常會從窗戶扔出一些東西，例如去年冬天，她就扔出來一臺電視。五分鐘後，她又把她老公扔了出來，當然只是從屋子裡趕出去啦。事後她來我家，媽媽幫她倒了一杯「好東西」。

「他在外面有女人！」大鈴阿姨絕望的說。「但那個笨女人至少也該比我年輕才對呀！再來一杯！」

因為電視進了垃圾箱，老公又走了，她為了安慰自己，隔天就去買了一臺超時髦的平面電視，還有一臺ＤＶＤ播放機。從那之後，我們時常一起看影片，有時是愛情片，有時是偵探片，不過都會在週末等大鈴阿姨睡飽的時候，因為她上班日都得在位於赫爾曼廣場的卡施達特百貨公司的肉品區工作。她的手永遠紅通通的，可想而知那裡有多冷。

我們看影片的時候會吃鋪上香腸、雞蛋或鮭魚片的小馬芬堡。每一次看愛情片，大鈴阿姨都很激動，至少會用掉十包面紙，但是影片一結束，她又總是罵說：「沒道理嘛，那對戀人不可能就這麼結婚了，不好的事情才剛剛要開始，可是電影裡從來都**不演**那些東西，所以呀，完全是胡扯的，騙人……里克，要不要再來一塊小馬芬堡？」

當我三步併做兩步跑上五樓時，大鈴阿姨在我後面喊著說：「今天晚上，老樣子唷？」

「好的！」

她關上門，而我敲著費茲克的房門。找費茲克永遠要敲門，因為他的門鈴壞了，可能早在這棟大樓蓋好時，也就是一九一〇年的時候，它就壞了。

等啊等，等了又等，一等再等。

厚重的老舊房門後面傳來吧嗒吧嗒、吧嗒吧嗒、吧嗒吧嗒的聲音。

費茲克終於出現了，像往常一樣穿著他那有著灰色條紋的深藍色睡衣。他滿臉皺紋，上面還都是鬍渣，一撮撮灰色頭髮朝四面八方翹了起來。

唉唷，真是個邋遢的人啊！

一股發霉、腐敗的味道朝我迎面撲來，不知道費茲克在裡面藏了什麼東西。當然，我指的是他的房子裡，不是他的腦袋。我想偷偷向裡面窺探一下，但是他擋住了我的視線。絕對是故意的！這棟公寓裡的每一戶我都進去過，只有費茲克的除外。他不讓我進去，可能因為他不喜歡我。

「啊，是你這個小笨蛋啊。」他抱怨著說。

我要先跟大家說，我叫里克，是個弱智兒童。其實我的大腦沒有問題，和別人一樣正常。我也可以想很多東西，只是很多時候我都想得比別人久；有時候我也會忘記一些事，而且事先不知道什麼時候會把它們忘記。另外，我講話的時候總是沒辦法好好集中精神，後果就是會常常忘記要講什麼。我時常在想，為什麼畫重點就是用紅色，它也可以是綠色或藍色的嘛，這就是我的問題。

有的時候，我的腦袋裡會一團混亂，就像賓果滾輪機裡亂跑的小球。每個星期二，我都和媽媽到「老蜜蜂」退休俱樂部去玩賓果。這些老蜜蜂們在教會的社區中心裡租了一個房間，我搞不懂媽媽為什麼那麼喜歡去那裡，因為在那裡閒晃的，真的幾乎都是退休的人耶。我想他們有些人可能從來沒回過家，因為他們每個星期二都穿一樣的衣服，就像費茲克永遠穿著他唯一的睡衣那樣，而且有些人身上還有股怪味道。也許媽媽覺得玩賓果能常常贏實在很棒，所以每一次她上臺領獎都興高采烈的，雖然有時只能拿到廉價的塑膠手提包（其實，幾乎向來都是廉價的塑膠手提包啦）。

退休的人倒是幾乎沒中過獎，因為在玩的時候，很多人不是在打瞌睡，就是在想其他的事。幾個星期前，有個退休老人一直安安靜靜坐在桌子旁邊。最後一輪結束，其他人都走了，他還是沒有站起來。直到清潔員去叫他時，才發現他已經死了。媽媽那個時候還在想，他是不是在星期二前就死了？不過我之前也沒有注意到他就是了。

「您好，費茲克先生，」我說：「希望我沒有吵醒您。」

費茲克看起來比那個死在賓果桌旁的退休老人還要老，而且真是邋遢到了極點。或許他自己也覺得活不久了，所以總是穿著那套睡衣，就連去超市買東西時也不例外。我想他哪次要是暈了過去，至少還有穿衣服啦。他曾經告訴大鈴阿姨，他從小就有心臟病，所以任何時候都有可能一下喘不過氣、碰的一聲倒下去。可是我覺得就算他不久就會掛了，也還是可以穿得乾乾淨淨的啊，至少該洗洗睡衣嘛，特別是聖誕節的時候。如果是我暈倒在超市裡，我絕對不希望身上聞起來有一股過期乳酪的噁心味道，雖然我不到一分鐘前才死掉。

費茲克呆呆的看著我，我把通心粉舉到他面前。「這是您的嗎？」

「你從哪裡找到的？」

「人行道上。大鈴阿姨說，它有可能是波紋管狀通心粉，醬料絕對是格爾根朱勒乾酪。」

「就這樣？」他懷疑的看著我，「還有別的嗎？」

「什麼？」

「你沒腦袋啊！通心粉？你這個笨蛋！」

「再說一遍您的問題可以嗎？」

費茲克翻了個白眼，好像快要發火了。「就只有人行道嗎？你那個討厭的通心粉，它還碰過別的東西吧？比如說狗屎！懂了嗎？」

「就只有人行道。」我說。

「下次說清楚一點。」

他從我手裡搶走通心粉，在手指間擺弄著。然後，他把它（就是我撿到的通心粉）塞進嘴裡，吞了下去，連嚼都沒嚼。

門關上了，**碰！**

他怎麼可以就這樣把它吞了？我心想，下次再撿到通心粉，拿給費茲克之前一定要在大便裡沾一下；如果他問我是從哪裡來的，我就說，那上面沾的是肉醬。

天哪，怎麼會這樣啦！

原本我還想靠著這根通心粉走遍整棟公寓，可是現在它就這樣不見了，消失在費茲克的爛牙後面。我好想念它。想念好像總是發生在失去之後；本來不覺得它有什麼好，但事後它突然變成世界上最棒的通心粉。對大鈴阿姨來說，可能也是這樣。她去年冬天罵了她老公，因為他是個該死的有外遇的男人，而這段期間她看了一部一部的愛情電影，心中又希望老公能夠回來。

其實我已經打算回去三樓，但是想一想又改變主意，然後按了費茲克家對面的門鈴。這裡住著一個男生，兩天前才搬進來。我還沒有見過他。雖然我現在沒有通心粉了，但這仍然是個可以去打聲招呼的好機會。也許他會讓我進去，我很喜歡去別人家。

這間房子空了很久，因為房租太貴。媽媽曾想過把它租下來，因為五樓當然比三樓能見到更多陽光，而且還有一些景觀。透過那些枝葉繁茂的大樹，越過街上那家歷史悠久的低矮市區老醫院屋頂，就能看到馬路的另一邊。但是，當媽媽知道這間房子要付多少租金時，她就放棄了。這樣也好，否則我們就必須和費茲克住對面了。那個貪吃鬼！

新搬來的人姓西比勒，他的門牌上這麼寫著。他不在家，我反而覺得輕鬆不少，因為要我唸出他的名字，我就覺得有壓力。只要是和方位或方向有關的任何事都會讓我頭痛，因此我總是分不清左右邊，連拿著指南針也不行。只要和方向或類似的東西有關，賓果滾輪機就會在我腦子裡自動旋轉起來。

走下樓梯的時候，我心裡很氣。要不是費茲克毀掉了我的證據，這一天是多麼適合玩偵探遊戲啊，因為有嫌疑的人很少啊！就拿六樓那兩戶漂亮的頂樓住家來說吧，目前就完全不用考慮他們。因為布拉維茨克一家昨天就跑去度假了，而住在他們對面的馬拉克，從昨天開始就沒出現過。他很有可能是在他女朋友家過夜，他的女朋友還會幫他洗衣服，因為每隔幾個星期，就會看到馬拉克提個裝滿衣物的麻布袋在這裡跑來跑去，從大門進進出出。大鈴阿姨曾說，現在的年輕男人真可怕，以前他們只要拿支牙刷就可以出門，而現在卻要帶大半個衣櫥。馬拉克絕對不會在家，他的樓下大門信箱裡還塞著昨天送來的廣告。比起吻戲，我更喜歡看偵探片，因為這種故事應該可以說是本身就很吸引人了。

好啦，六樓劃掉。五樓住著費茲克和那個名字裡有方位的新搬來的人。四樓，住在大鈴阿姨對面的是基辛林，只有晚上才能去敲他家的門，因為他白天都在做苦力，在騰本霍夫區的一個實驗室當齒模技工。

再往下一層住著媽媽和我，在我們家對面是克斯勒一家六口，他們家也已經去度假了。他們三樓的屋子裡有一條樓梯直通二樓，二樓也是他們家的，因為家裡有很多孩子，克斯勒夫婦需要很大的空間。

我最喜歡住在二樓克斯勒夫婦家對面那一戶，也就是在我們家樓下，那裡住著尤莉、貝爾茨和馬索，他們三個都是大學生。但是，沒有可以當作通行證的通心粉，拜訪他們的念頭只好取消了，真可惜。我很滿意貝爾茨，但是不喜歡馬索，因為尤莉喜歡的是他，不是我。好了，已經說很多了，也許我還是應該去那裡敲敲門、問一下，或是去問問老墨姆森，我們的公寓管理員，他住在一樓。

沒有人在。

於是我上樓，回家。

當我走進門，媽媽正站在走廊那面裝飾著許多肥胖小天使的金色穿衣鏡前。她把天藍色T恤拉高到下巴，仔細審視著她的胸部，天知道她看多久了。我能看到她在鏡子裡那張若有所思的臉。

許多人，特別是男人，會在馬路上盯著媽媽看。她當然不會穿著高高掀起的T恤到處亂跑，但是看起來也夠時髦了。她總是穿著超短熱褲和緊身小可愛，腳上是銀色或金色的超高跟細帶涼鞋；金黃色頭髮披在肩上，又長又光滑，另外還有閃閃發光又叮噹作響的手環、項鍊和耳環。我最喜歡她那長長的指甲，媽媽每個星期都會在指甲上貼一些新玩意兒，像是會發光的小熱帶魚，或是在每個指甲上都貼一隻小瓢蟲。她總是說，有一大堆男人喜歡這些，所以她的工作才會那麼成功。

「早晚有一天會下垂的。」媽媽對著鏡子中的自己，也對著我說：「在它們成為重力的犧牲品之前，我還得靠它們再工作個兩、三年。生活，就像是在撕那該死的日曆啊。」

我不懂什麼是重力，所以必須查查看。我遇到不知道的事，就會查一下百科全書，為了要變聰明一點。有時我也會直接問媽媽、大鈴阿姨，或是我的老師衛麥爾。然後我會把查到或問到的東西記下來，就像這樣：

重力：比人重的東西，就會吸人，例如地球幾乎比任何東西重，所以沒有人會從地球上摔出去。發現重力的人叫作伊薩克・牛頓（Issac Newton）。重力會嚴重危害胸部和蘋果，當然也可能會危害其他圓形的東西。

「那以後該怎麼辦呢？」我問。

「就要換新的囉。」媽媽堅決的說：「不過最終還是要看我有沒有足夠的錢。」媽媽嘆著氣把T恤放下，轉過身看著我說：「你在學校過得如何？」

「馬馬虎虎啦。」

她從來不把學校說成啟智學校，因為她知道我有多討厭啟智學校。那裡的衛麥爾老師，多年來一直試圖讓我腦袋裡亂蹦的賓果小球變得有秩序，他根本就是白費力氣。我曾經想建議他，與其去控制那些小球，倒不如先讓整個機器停下來，但是後來我放棄了，如果他自己想不到這一點，那就算他倒楣囉。

「為什麼衛麥爾老師又叫你去？」媽媽說：「我以為學期昨天就結束了。」

「是有關一個假期計畫，要寫一些東西。」
「你？寫東西？」她皺著眉。「什麼東西？」
「只是一篇作文啦。」我喃喃的說。那東西很複雜，但是在我還沒有嘗試成功以前，我不想向媽媽透露。
「我知道了。」她的眉頭又舒展開來。「吃過了嗎？」她一隻手摸摸我蓬亂的頭髮，彎下腰在我額頭上親了一下。
「還沒。」
「餓了吧？」
「對啊。」
「好，我來煎一些小魚排。」她轉身進廚房。我的房間門開著，我把背包扔進去，然後跟她進了廚房，坐在餐桌旁邊看。
「我還要問你一些事，里克。」奶油在平底鍋裡融化時，她對我說。
我的頭不由自主的垂了下來。每當媽媽叫著我的名字、說有事要問我的時候，就表示她之前已經想很久了，一旦她這麼做，大多數情況都很嚴重。嚴重的事對我來說就有困難，只要有困難，我腦袋裡的賓果小球就會開始轉。
「什麼事？」我小心翼翼的問。

「關於『兩千元先生』。」

我多麼希望小魚排已經煎好了。就連傻瓜都知道，這次的對話會得到什麼結論。媽媽打開冰箱，用刀子在冷凍庫裡刨刮、撥弄著一包小魚排；那包魚排被緊緊凍在接近藍色的冰層下。「他又釋放了一個小孩，」她繼續說：「這次是利希登堡區的孩子，已經是第五個了。之前那個孩子是……」

「維町區的，我知道。」

再之前的三個則分別來自克羅茨堡區、騰本霍夫區和夏洛特堡區。這三個月來，兩千元先生已經搞得整個柏林人心惶惶。電視上說，他也許是有史以來最狡猾的兒童綁匪；有人甚至稱他為超市劫匪，因為他的綁架案太划算了。他把小孩子誘拐到汽車裡，載他們到一個地方，然後寫封信給他們的父母：

親愛的家長：假如您想再次見到您可愛的孩子，只要支付兩千歐元。希望您慎重考慮，為了這麼小的金額是否值得通報警方？如果您報警了，將會分次收到您的小孩。

直到目前為止，所有家長都是先付了贖金，等小孩平平安安、完完整整的回到他們的身邊，才去向警方報案。然而整個柏林都在等，看哪一家父母比較倒楣，哪一天沒辦法讓他們的孩子完整回到家中。說不定有些家長會很高興他們小孩被綁架，所以不會付任何一毛贖金，也或者有些家長窮到只剩五十歐元之類的。假如只給兩千元先生五十歐元，那麼小孩也許只會剩下一隻手，關鍵的問題是，他會把哪一部分送回來，是手？還是其餘的部分？很可能是手，這樣才不會那麼引人注意，再說如果要郵寄裝了小孩遺體的大包裹，那麼五十歐元一定不夠付。

可是對我來說，兩千歐元的確是好大一筆錢。不過貝爾茨曾對我說過，在緊急的情況下，只要願意，人們總會想盡辦法湊足這筆錢。貝爾茨學的是企業管理學，是一門和錢有關的學科，所以他對這種事很了解。

「你有兩千歐元嗎？」我問媽媽。有人可能不知道，在緊急情況下，我會允許媽媽打破我的「議會大廈」。那是我的存錢筒，有個玻璃圓頂，上面有細長的開口，從那裡把硬幣投進去。自我有記憶開始，這個存錢筒就是我的。到目前為止，我存下來的錢有可能已經夠付一隻手臂了，否則我就得在這段時間內存夠才行。有了這二、三十歐元，以後媽媽至少還能思念起我的一小部分。

「兩千歐元？」她說：「我看起來像是有兩千歐元的人嗎？」

「你會想辦法弄到這筆錢嗎？」

「為了你嗎？寶貝，如果有需要，我甚至願意為你而死。」匡啷一聲，一大塊冰掉在廚房地板上。媽媽把它撿起來，扔進水槽的時候弄出很吵的「噗通」聲。「冷凍庫必須馬上除霜了。」❶

「那些被綁架的孩子年齡太小，我不像他們。我已經長大了。」

「我知道。」她把包裝袋剪開。「儘管如此，前幾個禮拜我還是應該每天接送你上下學。」

媽媽要工作到早上才能下班。通常她回到家的時候，我正要出門去啟智學校上課，她會給我一個小麵包，親我一下，然後就躺下睡覺，要等過了中午她才會起床，而那時我早就已經回家了，所以她從來沒有接送過我。

她頓了一下，皺皺鼻子。「我是個不負責任的媽媽嗎，里克？」

「亂說！」

她若有所思的看了我一會兒，然後把凍得僵硬的小魚排倒在鍋裡。油很熱，小魚排從鍋裡濺出來。媽媽往後跳了一步。「討厭！弄得我全身都是這個味道！」

晚上她要去俱樂部上班前，無論如何都會洗澡；每次煎完魚排她也會洗澡。她曾說，世界上最貴的香水也沒辦法蓋住魚排的臭味。當那些東西在鍋子裡滋滋作響的時候，我告訴她我是怎麼撿到通心粉，費茲克又怎麼把它毀了，所以我現在沒辦法查出誰才是它的主人。

「老混帳。」她小聲的嘟噥著。

媽媽很受不了費茲克。幾年前我們剛搬到九十三號時，她曾帶我走遍整棟公寓認識我們的鄰居，向大家自我介紹。當時，她的手心都是汗，必須使勁才能扭開門把。媽媽很勇敢，卻不冷血。她擔心別人因為她不是個有正當職業的女人，而且我還有點智障而不喜歡我們。當她敲門的時候，費茲克有開門，穿著睡衣站在我們面前。而我的表現和媽媽的低調、不想被人品頭論足恰好相反。我在一旁嘻皮笑臉，說不定問題就出在這裡。之後，媽媽好像是說：「您好，我們是新搬來的，這是我兒子里克，他的腦袋有點發育遲緩，但是不會影響別人。假如他想做什麼……」

費茲克瞇起他的眼睛，做出一副怪表情，好像吃到什麼不該吃的東西，然後他一句話都沒有說，就在我們面前把門關上。從那以後，他就叫我笨蛋。

「他有叫你笨蛋嗎？」媽媽問。

「沒有。」何必讓媽媽生氣呢？那沒有意義。

---

❶ 舊式的冰箱因技術尚未開發，冷凍庫仍須以結冰的方式來保冷，使用一段時間之後便得手動將結冰去除，以免冰層愈積愈厚。

「這個老混帳。」她又說了一遍。

她沒有問我為什麼無論如何想找出通心粉的主人。對她來說，那只是**里克的一個想法**，絕對是這樣。因為提問題不需要有目的。

當她翻煎小魚排的時候，我望著她。她咿咿呀呀的小聲哼唱著一首歌曲，把她的身體重心從左腿移到右腿，然後又移回來，同時她還擺好餐具。陽光從窗子裡灑進來，夏日的空氣混合著魚香。我覺得自己很幸福。我喜歡媽媽煮飯，或是做任何關於我的事。

「加番茄醬嗎？」她煎完魚排，問我說。

「當然。」

她把番茄醬放在桌子上，遞給我盤子。「真的不需要陪你去學校嗎？」

我搖搖頭。「現在已經放假了，而且說不定他們很快就會抓到他。」

「真的沒問題？」

「對……沒事！」

「好。」

她兩三口就把魚排吃完了。「待會兒我要出去。」

我好奇的看著她，她像是在解釋我的疑問：「我要和艾瑞娜去染頭髮。」艾瑞娜是媽媽最好的朋友，她們在同一家俱樂部工作。「染草莓金，你覺得怎麼樣？」

「那是紅色的嗎？」

「不是。金頭髮裡面泛著一點紅色。」

「那和草莓有什麼關係？」

而且要怎麼泛著紅色啊？

「因為有泛著紅色。」

「草莓是鮮紅色的。」

「只有熟透的時候才是。」

「可是之前是綠色的，怎麼會泛著紅色呢？」

「大家都是這麼說的嘛。」

媽媽不喜歡我一再追問她，我也不喜歡她這樣對我講話，好像我什麼都不懂。有些東西的名字就是很奇怪，就是會讓人想問說為什麼它叫這個名字。譬如說，草莓（Erdbeere）這個字明明是由土地（Erd）和莓果（Beere）兩個字拼寫而成，可是為什麼叫作草莓而不叫土莓或地莓呢？

媽媽把她的空盤子推開。「我們還得為週末買點東西。這件事我可以做，只是……」

「我來買吧。」

「你真是我的好寶貝。」她輕鬆的笑了，站起來，在她褲子口袋裡翻找著。「我列了一張清單，等一下喔……」

媽媽的熱褲總是繃得很緊，我很害怕哪一天它會裂開來。我在想，為什麼她要把所有的東西都放在褲子口袋裡呢？她玩賓果至少贏了十幾個塑膠手提包，可是她從來沒用過，也沒留下任何一個，而是放上eBay拍賣網站賣掉了。

「東西不多。」她終於遞給我那張揉得皺巴巴的紙條。「錢放在抽屜裡。最重要的是要買牙膏，還有奶油也沒寫上去。就這些了。你能記住嗎？還是我……」

我用叉子叉起一塊小魚排，沾上滿滿的番茄醬。「我記得住。」我說。

但願如此。

2

還是星期六 初識奧斯卡

東西買得很順利，牙膏、奶油、鹹餅乾、生菜沙拉和優格。在超市，我把錢遞給女收銀員，她邊找我零錢邊說：「代我問候你媽媽。」她看著我的樣子，好像覺得實際生活中的媽媽一定過得很痛苦。我們搬到帝福街之後，有一次媽媽曾對她友善的解釋過我不會算數，所以後來有人想要占我便宜的時候，她差一點把那個人的雙手折斷。

我從超市裡出來。輕柔的風吹拂著樹葉……我忘了這些樹叫什麼名字，也許我從來就不知道，但是它們看起來超酷的。枝幹上的樹皮像油漆脫落的老舊房門那樣斑駁落下，還能看到新長出來的嫩樹皮，但是它們有一天也會剝落，就這樣長了又落、落了又長。我在想，什麼時候這樣一棵樹才會停止汰舊換新的過程呢？

陽光在成千上萬片樹葉間躍動，在人行道上投下小小的陰影。那裡簡直擠滿了人，很多人坐到酒吧和餐館外面，音樂如流水般從打開的窗戶傾洩而出。在這種時刻，我覺得很開心，我感到自己是安全的。

沿著長長的帝福街，大家可以找到任何想要的東西。除了這間超市以外，還有一家只開晚上的超市、兩家蔬果攤、一家飲料專賣店、麵包坊、肉鋪和其他的店家。基於可以完全不用拐彎這一點，媽媽為我找到這條長長的直行街；因為路一長，我就記不住，更別說是有拐彎的道路了。我辨識方向的能力，就像是十二級暴風雪中飛行在茫茫雪原上的酒醉信鴿；但是在帝福街，我甚至可以一個人走到啟智學校，也就是我上學的地方。出了公寓大門，只需要走一小段路，街角就有個藥局，然後一直往上走，朝護城河的方向，從那裡再一直往前走，越過阿德米樂橋就到學校了。過了學校，路還是一直向前，並經過一些土耳其人的小房子，直到科提（科特布斯門車站的簡稱），但是我從來沒走過那麼遠，只到過離科提不遠的多樂姆烤肉屋而已。

我想，在回家的路上是不是該找找另一根通心粉。有可能找得到，但不一定是從帝福街九十三號的窗戶飛出來的，而是哪個行人不小心丟掉或有意扔掉的。

行人：又叫 passanten（這是法文），我曾問過媽媽還有什麼其它說法，要把外來字翻譯成可以理解的詞彙已經夠難了，而把這個字譯成外文又更難。

我低著頭，拖著腳步往前走，這使我想起《糖果屋》故事裡的韓賽爾和葛蕾特兄妹。他們為了不迷路，在陰暗的森林裡追尋麵包碎屑的蹤跡。是不是有人為了不在市區迷路，而故意布下通心粉的蹤跡呢？如果有人那麼做，他一定比我還弱智。因為進一步想，如果路上碰巧有一個像費茲克那種撿到什麼都吃的人，那個試圖跟蹤通心粉的人就倒大楣了。韓賽爾和葛蕾特撒在森林裡的麵包屑最後還是被鳥吃掉了，所以那兩兄妹的結局如何呢？沒錯，他們碰到了老巫婆！

我在兒童遊樂場停了下來。這個遊樂場就像是被格林大街圍繞的半島，往上在護城河邊拐個彎，然後繼續往下連接到帝福街，所以它是一般遊樂場的兩倍大。因為它夠寬敞，天氣好的時候，到處都是媽媽們帶著孩子的景象。我們以前住在新克恩區的時候，媽媽也常帶我到遊樂場玩。我有一把小鏟子、一個小篩子，還有些不同形狀的造型器具。有一天我用小鏟子挖了個洞，把小篩子和其他造型器具都埋在裡面，最後把小鏟子也埋進去。之後我徒手想把這些東西都挖出來，卻再也找不到它們了。

我又看了遊樂場一會兒，為那些小朋友感到高興，他們比我聰明多了。然後我想起找通心粉的事，便沿著人行道慢慢走，低頭巡視著地上那些灰色鵝卵石。我注意到有一張揉成一團的列印紙、一些散落在廢玻璃回收箱外的碎玻璃片，還有一根被踩熄的煙蒂。接著，是兩隻在涼拖鞋裡穿著淺色長襪的小腳。

我抬起頭，一個男孩站在我面前，剛好到我胸口的高度。確切的說，是他的深藍色安全帽到我的胸口。那是騎摩托車用的安全帽，我都不知道還有兒童的尺寸，不過看起來蠢斃了。安全帽的護目鏡則被高高推到上面。

護目鏡：一種可以透視的東西。我曾問過貝爾茨它叫什麼，因為貝爾茨有騎摩托車。不過他告訴我，尤莉和馬索一起去度假了，哼……

「你在幹什麼？」男孩問我。他的牙齒好大，看上去好像能一口咬下馬或長頸鹿之類大動物的一大塊肉。

「我在找東西。」

「你告訴我的話，我可以幫你。」

「一根通心粉。」

他在人行道上四處張望了一下。當他低下頭時，陽光亮閃閃的反射在他的安全帽上。我注意到，他的短袖襯衫上別著一枚像胸針一樣的深紅色小飛機，不過一側機翼的尖端折斷了。最後，這個小男孩還往遊樂場柵欄附近的灌木叢裡看了看，這個主意我倒是完全沒想到過。

「到底是什麼樣的通心粉？」他說。

「就是要找一根通心粉。也許可能是波紋管狀的，具體的樣子要等找到以後再說，否則那就不是找到的通心粉。這樣夠清楚了吧？」

「唔……」他歪著頭，長著大牙齒的嘴巴開口說：「你是不是腦袋有問題？」

一點也沒錯！

「我是個弱智。」

「真的嗎？」他看起來很有興趣的樣子。「我是天才兒童耶。」

現在輪到我有興趣了。雖然這個男孩比我矮很多，可是我突然覺得他好高大。這是一種奇怪的感覺。我們彼此對看了很久，感覺好像太陽都下山了，我們還站在那裡對望。我從來沒見過高智商的天才兒童，除了有一次看電視《猜猜看，那是什麼？》，節目裡有個女生，她的思維模式異於常人，總之，她選了一道像是拉小提琴那樣超困難的問題，而主持人馬上就唸給她一串有一公里那麼長的數字，她必須說出這個數字是不是一個質數。當時，大鈴阿姨連嚼都沒嚼，就把小馬芬堡一口吞到肚子裡，然後說，這小傢伙將來一定會有成就，所以我想，質數也許真的很重要。其實並沒有吧。

質數：就是一個數字，它只能除以一和它自己，特別是它不能變得支離破碎，就像人的手臂那樣。如果當時我是主持人，我就會問那個女生，為什麼她不選擇像豎笛或小號之類的樂器那種容易的問題，不得已的時候只要對著吹就好了嘛。

「現在我得走了，」我對那個男孩說：「天黑前我得回到家，不然會迷路。」

「你住哪裡？」

「就在前面，那棟黃色的建築物。九十三號，靠右側的。」

說完我就開始後悔說的是右側，因為我根本就搞不清那到底是左邊還是右邊，而且這排房子對面就是那家歷史悠久的老醫院，像一隻睡覺的大黃貓一樣橫臥在那裡，大家一下子就可以看得出來，那不是住宅。

男孩朝我手臂指的方向望去。當他看到九十三號的時候，眉頭先是皺了起來，好像獲得什麼重大的領悟，然後又低下頭，似乎在進行認真周密的思考。

最後，他的額頭又恢復成光滑平整的樣子，笑著說：「你是真傻還是假傻？一般人只要目標明確，而且一直往前走，是不可能迷路的。」

至少靠街道的這排確實如此。但我還是有一點生氣。「怎麼不可能？我就會。

假如你真像你自己說的那麼聰明，你就應該知道，就是會有這樣的人。」

「我……」

「我還要告訴你，這不是在開玩笑！」所有的賓果小球一下子都變成紅色，乒乒乓乓亂跳。「我不是故意找麻煩，我的腦子有時候就會突然短路！不是我裝傻，也不是我不想學！」

「嘿，我……」

「但是，也許你就是那種什麼都懂的天才，總愛對別人指指點點，否則，除了在電視節目裡，誰還會對你們有興趣？」

面對不公平，我的火氣愈來愈大，然而令人很難堪的是，我開始大哭起來，而且自己也不知道該怎麼辦。安全帽下的男孩，露出了驚慌失措的眼神。

「不要哭嘛！我根本沒那個意思……」

「而且，我知道什麼是質數！」我大吼著。

像這樣激動的發脾氣，在我印象中是唯一一次。男孩不再說什麼，他低頭看著他的涼拖鞋，接著又抬起頭，緊緊抿著嘴唇。他伸出一隻手，手掌小到只有我的一半大。

「我叫奧斯卡，」他說：「我要真心的向你道歉。我不應該開你的玩笑。那樣很arrogant（傲慢）。」

我不知道他說的最後一個字是什麼意思，但道歉我是懂的。

傲慢：從高處俯視，也就是看不起別人的意思。所以奧斯卡根本不可能聰明到那種程度，畢竟他比我矮太多了，一定要仰望我才行。

人在道歉的時候，一定要態度溫和。如果只是假裝的話，會讓人更加生氣。但奧斯卡是認真的，至少他是這麼說的。

「我叫里克，」我握著他的手說：「因為我爸爸原本是義大利人。」

「他不在了嗎？」

「當然，否則我幹嘛說原本。」衛麥爾老師說過，我寫作文的優點之一就是時態用得正確，像過去式、現在式、未來式，以及虛擬語態。

「對不起。他是怎麼死的？」

我沒有回答。我從來沒有告訴過別人爸爸是怎麼死的。這與別人無關，雖然是個令人悲傷的故事。我抬起頭，看著柵欄後面的遊樂場，試著想點別的事，比如說，那裡是不是也埋著一些小鏟子、小篩子、不同形狀的造型器具之類的東西？如果有，會有多少？是什麼顏色？可能有上百個吧。如果我把它們都挖出來，媽媽就可以在eBay拍賣網上，把它們和她的手提包一起賣掉。

當奧斯卡注意到我不再講話時，他支支吾吾了一陣子，還是沒有開口。最後他終於點點頭說：「我要回家了。」

「我也是，否則奶油會融掉。」我把購物袋舉起來說。然而，因為穿著那身奇怪裝扮的他看起來是那麼的規矩，就像那些長期以來只吃有機商店裡的蔬菜、水果和無糖麥片的小孩一樣，於是我補充說：「我們的奶油用光了，因為今天中午，我們煎了小魚排配番茄醬。」

我走了，而且打算絕不回頭。他應該想不到，我覺得戴著安全帽、長著巨大牙齒的他其實很酷。然而，我還是轉過身，看著他消失在帝福街的另一端。從遠處看，他就像一個頂著巨大藍色頭顱的小小孩。

當我回到家，把奶油放入冰箱，用刀子把冷凍庫的冰刮除乾淨以後，我才意識到，我根本就沒有問奧斯卡，他孤單一個人在這個市區裡找什麼？或者他襯衫上那架深紅色的小飛機有什麼意義？還有，為什麼他走路要戴騎機車的人戴的安全帽？

大鈴阿姨的捲髮變得非常漂亮。當她讓我進去的時候，我把鹹餅乾遞給她。紅金色的燈光穿過打開的房門灑在走廊上。牆上到處可見裝在塑膠相框裡的小圖片，大部分都是關於小孩的，他們有大大的眼睛，站在艾菲爾鐵塔前，或是威尼斯的橋上。也有關於小丑之類的圖片，有一半是在哭，相當俗氣。

「我感覺真的不太好，小寶貝。」大鈴阿姨說著，關上門。「我心情很鬱悶。」

我幾乎要歡呼起來了，因為她心情鬱悶就表示我們不會看愛情片。我不討厭愛情片，但是它有時候會讓我有點煩躁。沒有一部是關於弱智者的愛情電影，好像不會有人愛上他們。好吧，是有一部《阿甘正傳》（Forrest Gump）啦，不過結局不太好；而且我也不怎麼喜歡阿甘，他太固執又很貪吃。

大鈴阿姨把手放在我的肩膀上，領我走進她的客廳。我還沒有笨到會在她小小的住家裡迷路，不過我沒說什麼。鬱悶的心情總是讓她格外謹慎小心，多少要體諒她一下。

「你有查出通心粉是誰的嗎？是費茲克嗎？」

「還沒有。」

我沒告訴她，那個討厭的人把好好的通心粉整個吞到肚子裡的事。我隨意坐在沙發上，不經意瞥了桌子一眼，上面放著一個裝有香腸、小黃瓜和番茄薄片的盤子，我的胃開始咕嚕咕嚕叫了起來。大鈴阿姨做的小馬芬堡是世界上最棒的。

「如果不是費茲克，」她想了想說：「那有可能是克斯勒一家囉。」

「不是，克斯勒一家去度假了，昨天就走了，和布拉維茨克家一樣。」

克斯勒一家早就上過電視和報紙，他們曾引起轟動，因為克斯勒太太連續兩次生的都是雙胞胎，而且是在同一年——兩個男孩在一月，兩個女孩在十二月。兩對雙胞胎的生日之間正好夾著聖誕節和新年，要花不少錢，克斯勒先生總是這麼說，但他也總是自豪的咧嘴笑著。兩對雙胞胎，有太多事夠他忙的了。雙胞胎分別是六歲和七歲。大鈴阿姨像害怕瘟疫一樣的怕他們，說他們是噪音製造者。

她把鹹餅乾倒在一個玻璃容器裡，擺在桌子上，就在小馬芬堡的盤子旁邊。接著她打開電視。在看影片之前，我們總是先看新聞：柏林晚間新聞，然後是每日新聞。大鈴阿姨迷戀上一位晚間新聞主播，那個男人長著一對像泰迪熊的棕色眼睛，他叫烏爾夫·布勞舍，大鈴阿姨覺得他棒極了。最近一次她和媽媽一起喝一杯的時候，大鈴阿姨說，她覺得他有魔鬼般的性感。

今晚，布勞舍的美麗棕色眼睛看起來很嚴肅，當然是因為新聞中討論的是兩千元先生和那個獲釋的利希登堡區小孩的事。因為那對父母不想接受採訪，新聞只好播出這段期間被媒體疲勞轟炸到每個柏林人都耳熟能詳的其他孩子的照片：兩個男孩和兩個女孩，都不超過七歲。所有人在照片上都笑嘻嘻的，除了騰本霍夫區的小蘇菲。孩子本來都很可愛，即使有些長得並不好看，可是小蘇菲是個例外。她被公布的相片沒那麼清楚，即使如此，大家還是看得出來，在她那張完全沒有起伏的圓臉上，兩隻眼睛幾乎肩並肩的擠在一起。她的嘴唇很薄，沒有血色，像是兩條淡淡的小眉毛長錯了位置，金黃色頭髮一綹一綹的垂在肩上。她穿著一件皺巴巴的深紅色T恤，上面還沾著一塊黏呼呼、紅色像草莓汁的髒點。穿成這樣還到處亂跑的人，在學校裡一定會被同學們取笑和愚弄。蘇菲是兩千元先生的第二個綁架對象，也是我最同情的一個。我能夠很深刻的體會到，只因為和別人不一樣就長期被人愚弄的感覺是什麼。

布勞舍報導，到目前為止還沒有綁架者的任何線索，接著他繼續播報政治新聞。我旁邊的大鈴阿姨擤了一下鼻子。

「假如我有他的地址就好了。」

「你是說烏爾夫．布勞舍嗎？」這個名字我記得住，因為一直出現在螢幕下方，否則我對名字的記憶力就像掉進垃圾桶的東西，而且垃圾桶下還破了個洞。

「不是，是那個綁架小孩的傢伙。」大鈴阿姨把半片番茄放進嘴裡。「我真想親自寫封信給他，讓他把克斯勒家的一個孩子帶走。你知道嗎？對一部分父母來說，事情並沒有那麼糟。無論如何，他們看起來總是有孩子是in petto。」

「什麼是in petto？」

「多餘的。」

外來語的問題就是，明明很簡單的事，有些人偏偏想把它變複雜。

吃完半片番茄，大鈴阿姨又拿起一根小黃瓜，小黃瓜在她嘴裡發出細微的喀嚓喀嚓聲，然後她舔了舔手指。「如果你問我，我想，反正也沒有什麼損失嘛。」她又擤了一下鼻子，「住在這棟公寓裡碰到最糟糕的事，就是那幾個噪音製造者。」

「我覺得費茲克比他們還糟糕。」

她擺了擺手，揑起幾顆鹹餅乾。「哎呀，他只是假裝生病罷了。你還要吃嗎，里克？」

假裝（Simulieren）：裝出做某事的樣子（so tun als ob）。我得承認，要寫四個單字才能解釋一個詞，但這兩種情況下寫的字母卻一樣多，所以如果只說一個單字就能表達「假裝」，別人也應該可以馬上理解。

我又吃了一小塊小馬芬堡和一塊黃瓜。大鈴阿姨嚼著她的鹹餅乾，然後突然抓起遙控器，關掉電視的聲音。只剩下大教堂和建築怪手的畫面。少了相應的旁白，沉默在客廳裡蔓延開來。大鈴阿姨睜著有些模糊的眼睛直直的看著前方，一動也不動。我用眼角掃視她，同時小心翼翼咬著小馬芬堡和黃瓜。當她心情鬱悶的時候，氣氛總是有點詭異。

「你在說什麼？」過了一會兒，大鈴阿姨不情願的說，沒有轉頭看我一眼。

「你該出去散散步。」我說。

「是你的主意，還是你媽的主意？」

「我的。」

這個主意最早是媽媽想出來的。作為一個弱智的孩子，在說一些不像是他自己會想到的事的時候，一定要小心。一般人一下子就會覺得你可能是在刻意撒謊，還自作聰明，然後就會故意出難題給你。但是我還沒笨到不知道別人為什麼會心情鬱悶。人之所以會心情鬱悶，是因為他們太孤單，只有當他們出去走一走或上網聊聊天，才能遇到其他的人。我不知道大鈴阿姨幾歲了，一定快五十了，儘管如此，她還是會遇到一些也同樣喜歡吃小馬芬堡的人啊。在百貨公司的肉品區，絕對不會碰到適合她的男人的。

晚間新聞結束了，布勞舍不見了。大鈴阿姨斷然按下遙控器，畫面先是黑的，然後出現ＤＶＤ播放機玫瑰色的標誌。

「我們來看偵探片吧。」大鈴阿姨從沙發上站起來，走向收納光碟的櫃子。「就看克莉絲蒂的馬波小姐影集吧。」

這時，我真的要歡呼了。

後來，我回到自己的家，躺在床上，我睡不著，還在想著馬波小姐。每次看馬波小姐的偵探片，我都很緊張，因為擔心她會出事。也因為太緊張，所以在看影片的時候我總是忘記，上一次在同一部電影裡，她經歷那些事件後還是活了下來。

另外也有可能是今天滿月的關係。圓圓的月亮照亮後街空屋陰森黑暗的窗戶，有些窗戶上還掛著破舊的窗簾，從我躺著的地方正好能清清楚楚看到四樓的位置。本霍華小姐就是在那裡自殺的。本霍華小姐是個老婦人，她罹患了肺癌又不想住院治療，於是有一天就打開瓦斯，點燃最後一根香菸，等了一會兒，接著就聽到很大一聲：「砰！」

起先有人還認為，爆炸不會帶給後街房子太大的損失。受損的房屋會換上新窗戶，也會得到修繕，然而進到樓梯間才發現，四樓和五樓的牆上出現無法修復的裂痕，很可能會整片倒塌，所有住戶都必須遷出去。

樓梯間的窗戶被牢牢釘死。為了安全起見，中庭通往後街房子的大門也換上一把嶄新的大鎖，從那時開始，這些屋主就不斷為了重建一事爭吵。

事情已經過了很多年，而且據說（我們剛搬進來時，墨姆森就告訴我），本霍華小姐的陰魂從未離開過她的老房子。她自殺的時候，墨姆森才剛剛當上這裡的管理員。他堅信，她還一直在她的老房子裡尋找類似菸灰缸之類的東西。

我總是忍不住向那裡張望。有好幾次我想請求媽媽在那裡掛上窗簾或捲簾之類的東西，又怕她笑我是膽小鬼。有時候我甚至相信，我看到了本霍華小姐住家陰暗處有個更陰森的影子突然飄過空盪盪的房間。雖然我知道，那個陰影只是我想像出來的，然而事情似乎沒那麼簡單。特別是在我急著想上廁所卻沒辦法好好起床的時候；通常就是媽媽在上夜班而我一個人在家時，我都不敢自己去廁所。我已經很多年都不會尿褲子了，從很小的時候就這樣，但是我清楚的知道，當我注視著那個陰影在空屋子裡飄盪超過一分鐘，就另當別論了。所以睡覺前，我幾乎都會用被子蓋住自己的頭。

今天也一樣。

在被子底下，我又想起奧斯卡，不知道還能不能見到他，然後就睡著了。

3

星期日 暑假日記

今天是星期日，我幾乎花了一整天記錄昨天發生的事。還好媽媽整天都在睡覺，讓我有個安靜的一天。週末的時候，她在俱樂部工作的時間比平時長，直到早上快十點才回家，然後立刻倒頭就睡，所以她根本不知道我一整天都坐在電腦前面。如果我的嘗試最後不成功的話，她至少不會感到太失望。

寫作是衛麥爾老師的主意，這就是為什麼星期六我還得奉命到他那裡去，雖然已經開始放暑假了。是關於兩週前我寫的一篇護城河的文章，讓衛麥爾老師印象深刻，他想再和我討論一下。

「里克，你的拼寫錯誤雖然讓人無法忍受，」他說：「但是你的確寫出了一些東西。你寫得很好……不考慮那些離題的段落的話。你知道，就是那些有關北海的段落。」

其實，護城河直接從帝福街九十三號後面流過，人們可以悠閒的坐在岸邊美麗的垂柳下，或是乾脆坐在草地上，這當然要和許多人一起共享。大家可以望著波光粼粼的河水發呆，或是對著河面上游來游去的天鵝生氣。偶爾會開過一艘載滿觀光客的遊輪，還可以對著他們招手。觀光客總是會興奮的揮手回應，好像他們人生中從來沒看過坐在岸邊的男孩。這些我也有寫在文章裡。

衛麥爾老師指的離題段落，恰好是我最喜歡的部分。我想像有一個浮屍漂流在這條河裡會是什麼感覺。冬天的時候，有個人碰巧掉進冰裡，在藍黑色冰層底下，這個人在水流中載浮載沉，從護城河直到施普瑞河。我之前查過德國地圖，知道河流的流向，施普瑞河會流入哈韋爾河，哈韋爾河又注入易北河，易北河最後流入北海，而北海是大西洋的一部分。如果有人溺斃在護城河裡，那麼他就可以經歷一段意想不到的精采旅程，會穿過三條河，最後回歸大海。當然，半路上千萬不能被輪船螺旋槳捲到，否則會被絞成碎塊，那就很不幸了。

衛麥爾老師狡詐的看著我說：「你對兩千元先生感興趣嗎？綁架事件會讓你害怕嗎？」

我還沉浸在絞碎的屍塊中。我搖了搖頭。寫作的時候我想到的不是超市綁匪，而是其他人，可是這與衛麥爾老師毫不相干。

他點著頭，望著牆，牆上掛了許多的照片，有他的小孩、太太、狗和摩托車，那摩托車早就不夠看了，根本沒辦法和貝爾茨的車相比。

「我在想接下來要做什麼。」他說：「如果像這樣寫日記的話，你認為如何？可以寫一些你在假期裡的經歷、你想到的或是你做了什麼事……你和你媽媽會去度假嗎？」

「不會。這是暑假作業嗎？」

「我們可以約定，如果你真的嘗試去做做看，我可以允許你在假期結束後才會有其他作業。」

聽起來不賴。

「那要寫多少？」

「我們約定……十頁我就滿意了。超過二十頁我會給你吃紅。」

「那是什麼意思？」

「一種額外的獎賞。」

聽起來好像更讚。儘管如此，我還是覺得很不安。二十頁畢竟很多。

「可是拼寫錯誤怎麼辦？」我懷疑的說。

「你先不用考慮這件事。你有電腦嗎？」

「媽媽有一臺，用來上拍賣網的。」

拍賣網不僅讓媽媽賣掉從賓果贏來的塑膠手提包，還提供了廉價的衣服和其他東西。

「它有自動校正的文字編輯程式嗎？」

「什麼是校正？」

「就是改得更好。」

自動校正功能：有時候會看到一些沒有被寫得很好的文字，以至於讓人沒辦法理解，至少沒辦法馬上理解，這時候就可以詢問電腦的自動校正功能要修改哪些地方？還有為什麼要修改？雖然這個功能早就在默默的運作了，不過還是有人會因此而被電腦欺騙！

有時候衛麥爾老師為了捉弄我們，會故意把單字拼寫得很長，把句子搞得很複雜。碰到我不開心的日子，我就會非常生氣，賓果滾輪機就開始運轉起來。但是今天，我不能生氣，現在是在放假中，而且我必須承認，他的提議還滿打動我的。寫日記啊……

花了一些時間，我總算把他的眾多詞語分類好，搞清楚他在說什麼。媽媽買電腦的時候，文字編輯程式和一些不用錢的亂七八糟程式就安裝在裡面，偶爾媽媽會用它來寫信。我點了點頭。

「好，」衛麥爾老師說：「有了這個程式，你的拼寫錯誤就會被自動修改。」

我吃了一驚。「真的嗎？」

「真的。但是幫個忙，至少你也該瞧一瞧那些錯到離譜的地方，那你多少自己也會有些收穫。」

當然，那是一定的！如果讓我查看每個錯誤的話，我保證，賓果滾輪機一定會完全失控。

「那麼，一言為定囉？」

「一言為定。」

他朝我笑著，抬起手說：「擊個掌吧。」

我把椅子往後推，站了起來，趕快和他說再見，走了出去。如果他現在想起來還要和我討論數學的話，那我真的吃不消了。

是啊，從那個時候開始到現在，我已經寫了超過二十頁，所以我可以停下來休息一下。寫作是一件累人的事，但是那份額外的獎賞早已經進了我的口袋，衛麥爾老師一定會對我另眼相看。

只是這個全自動的編輯校正程式並沒有想像中那麼好用。在文章的一開始，我寫錯了一個字，我把Schwan（天鵝）寫成Schwen，而這個程式就自動把我後面的句子修改成：**人們可以望著波光粼粼的河水發呆，或是對著河面上游來游去的豬（Schwein）生氣**。

4

星期一 比勒

接近中午的時候，門鈴響了。那時媽媽剛起床不久，我聽到她啪嗒啪嗒的拖著腳步從我房間門口走過去。她正忙著在廚房煮咖啡。

「你開一下門，好嗎？」她喊著。

站在門口的那個人，我以前從來沒見過。他又高又瘦，黑黑的短髮，湛藍的眼睛，下巴上有個小小的傷疤，看起來就像一個電影明星。

「你好！」他微笑著向我伸出手。「我想，我應該先自我介紹一下。幾天前我才剛搬進來，住在五樓。我叫西蒙·西比勒。」

我沒有回答，只是呆呆的看著他下巴上的疤痕，又看看他伸出來的手，我心想，假如他只姓比勒就好了。我的眼前出現一個小小的指南針，指針瘋狂的轉著圈子，西、東、西、東。我羞得滿臉通紅，開始冒冷汗。都是因為賓果小球，不管我喜歡還是不喜歡，它們就是肆無忌憚的旋轉起來，我都聽得到它們撞擊我腦殼發出的乒乒乓乓聲。

比勒還在親切的微笑著，但是他的眼裡閃過兩個不易察覺的問號，好像他從來沒遇過因為心虛害怕而冒冷汗的男孩。他的手還伸在我面前的空氣中。他一定認為我的頭腦有問題。我決定振作起來，即使對一個弱智的孩子來說，帶有方向的名字也不該成為嚴重的挑戰。

「是誰啊？」媽媽從廚房裡喊。

「東比勒先生，」我喊說：「新搬來的，住在五樓。」

啪噠，啪噠，啪噠——噠——啪噠……

「那麼，我下次再……」比勒的話還沒有說完，他的聲音就如同四月的雨水流進水溝，慢慢的靜了下來。他張大眼睛瞪著我肩膀後方，我轉過身去。

媽媽光著腳出現在走廊裡，她正挽著剛剛染成泛著草莓金色的頭髮，想在腦後綁成一條馬尾。我喜歡她那種懶洋洋的樣子，像個小女孩。她看起來太漂亮了，雖然我心裡希望她可以多穿一點衣服，因為那件短短的男士襯衫幾乎掩蓋不住她下面的小內褲了。

比勒目不轉睛的把她從上到下迅速打量一番，他的臉紅了起來。如果他現在也開始冒汗的話，我們就算打成平手了。

「再等一下。」媽媽說著，衝進了浴室，好像他只是個郵差似的。裡面傳來流水嘩啦嘩啦的聲音，聽得出來她在漱口。

「她正在用漱口水漱口。」我小聲對比勒說。

他友好的點點頭，似乎正在欣賞我們家美麗的走廊，然而這中間他又奇怪的瞧了我幾眼。幾秒鐘後，媽媽從浴室裡走出來，披上了她的日式晨袍，上面繡著幾個大字，我們估計那上面的文字可能是寫「早安」或「和平萬歲」，也可能是「多吃蔬菜」什麼的。

「對不起。」她小聲的說，然後站在比勒面前，終於接住了那隻伸出來的手。

「我是塔雅．多瑞提。」她微笑著說：「我想，我還沒有完全睡醒。」

「我是西蒙．西比勒。希望沒有……」

「沒關係。」她轉過身，啪噠啪噠的邊往廚房走，邊回頭說：「來一杯咖啡好嗎？剛剛煮好的。不喝咖啡我幾乎什麼事也做不了。」

我曾和大鈴阿姨看過一部講述著名的希臘英雄的電影……對了，他的名字是以英文字母O開頭❷，他騎著一匹木馬出現在戰爭的場景，然後花了好多年的時間駕船在那裡來來去去，只為了回到他心愛女人的身旁。在那段時間，那個女人在家鄉

❷ 即《木馬屠城記》（Troy）中的英雄奧德修斯（Odysseus）。

被很多居心不良的男人包圍著。那個O英雄都不知道這件事，否則他就會早點回去了。可惜他沒能早點回去，而是駕著船一再偏離航向，經歷了完全瘋狂的冒險，最後歷經千辛萬苦，克服種種困難，他終於回到了對他忠貞不移的女人身邊。這簡直太酷了！

不管怎樣，在他迷航的那段時間裡，有一次在暴風雨中來到一片寬廣的海洋，O英雄駕著他的船和物資駛過一些似乎是岩石或類似小島的地方，那上面坐著像美人魚一樣會唱歌的女人，聽到她們歌聲的人就會精神錯亂，想要奮不顧身到她們那裡去，所以就有幾個O的手下跳進水裡，很可憐的淹死了。有個水手落水之前說，那迷人的歌聲就像加了蜂蜜的牛奶。雖然大鈴阿姨認為，那歌聲其實並不真的那麼好聽，更像是加了糖的醋，所以每次轉到有聲樂大賽節目的頻道，她就會轉台。但是最終她還是被好奇心打敗，畢竟她也想知道，O的忠貞女人到底怎樣了。在那個時候，O不想被淹死，可是也想聽到那歌聲，所以他就要他的同伴把他綁在船的桅杆上，也因為這樣他才逃過一死。

比勒並沒有被人綁起來，他拖著腳步跟著媽媽走進廚房，好像她剛剛對他唱了什麼歌曲，而他也頗為著迷的樣子，就如同被綁在船的桅杆上的O那樣。媽媽向他指著一張椅子，默默的在桌子上擺了兩個杯子。咖啡機自顧自的呼嚕呼嚕叫著。我在比勒對面坐下來，他比那個扮演O的演員好看多了，跟我們的廚房完全相配。

「你結婚了嗎？」我問。

他咧嘴笑了起來，搖搖頭，露出一口雪白的牙齒。

「你有女朋友嗎？」

「里克！」媽媽喝止我。

「沒關係。」比勒笑著說，再次目不轉睛的看著我。他沒有回答我的問題。儘管如此，我覺得他棒呆了。我也喜歡住在四樓的基辛林，當然只是從外表上來看。在其他方面，他是個相當嘮叨的人，而且非常討厭小孩。好在基辛林絕對不會和媽媽結婚，因為他對女人沒有興趣。

「明天晚上我們會去社區的賓果室，」我說：「就在老蜜蜂俱樂部。你要一起去嗎？」

「里克，回你自己房間去。」媽媽命令我。

「拜託，不要啦！」

「賓果？」比勒說：「我還從來沒有……是那個給退休的人玩的嗎？」

「對，而且還有空位唷，因為最近有個人死了，只是沒有人注意到他什麼時候死的。媽媽幾乎每次都贏，有時候甚至是用我的卡贏的！」

我在玩賓果遊戲時的弱點就是，即使是癱瘓的退休老人，他們勾選卡片上數字的速度都比我快得多。儘管如此，我還是玩得很開心。

「弗瑞德里克！」媽媽嚴厲的說：「離開這裡！」

當她叫我全名的時候，就表示事情嚴重了。我不明白為什麼她要那麼做。她和比勒之間剛剛進入緊張的階段，畢竟他們還要繼續喝咖啡嘛。誰知道到時候他們兩個會聊些什麼，媽媽很可能會講錯話，但是我一定可以幫她，因為我和大鈴阿姨一起看了那麼多的愛情片，知道在這樣的對話中應該說什麼才能成功，可是在房間裡我沒辦法進行，我會錯過整個對話，除非……

「如果你敢偷聽，我就把你在eBay上賣掉！我要你自己把門關上。」

媽媽終於替比勒倒了咖啡。比勒看著我，舉起雙手，聳了聳肩，扮個滑稽的表情。別期待他會幫助我了，說不定他自己也想單獨和媽媽在一起。

哎呀，怎麼會這樣啦！

我不情願的走回房間，砰的一聲把門關上。媽媽一定很不高興，但這是她自找的。十分鐘後，我聽到比勒在走廊裡告辭的聲音。我趴在門上偷聽，他說，謝謝你的咖啡，吧啦吧啦吧啦，但是沒有聽到談論明天晚上，也沒有關於賓果的事。

一定沒成功！

外面的房門打開，又關上。我立刻衝進走廊，用從來沒有過的速度竄過媽媽身邊。無論如何，我想和比勒說再見，媽媽又沒說不可以。於是我拉開外面的大門，衝進樓梯間……

這極有可能是帝福街九十三號有史以來最重大的追撞事件，簡直擠到爆！門前有三個男人撞在一起，因為我滿腦子只想著比勒，所以必須仔細的看清楚另外兩個人到底是誰。其中一個是馬拉克，手中拿著一大堆信件要上樓，如果那些不是全部的信件，至少也有一半，因為剩下的都散落在樓梯上了。另外一個是正要下樓的基辛林。當這兩個人在樓梯間的轉角相遇時，比勒碰巧也正從我家大門走出去，現在這三個男人撞成一團。當馬拉克試圖撿起散落的信件時，發出叮噹作響的聲音，因為他自己有一家保全公司，所以他總是在紅色工作服的腰帶上別著一大串鑰匙，工作服上還繡著一只金色的小保險箱，非常漂亮。

基辛林用一隻手捂著襯衫，興奮的盯著帥氣的比勒，好像想立刻擁吻他似的，也有可能是更想扯開他的襯衫吧。比勒本人無助的向這裡或那裡轉動著身體，每個人嘴裡都嘟噥著說：「對不起，應該更小心才對。」當然還有：「沒關係，太著急了，幸好什麼也沒發生……那是誰家的孩子啊？」

所以說，還有一個小人物，差一點就被淹沒在擁擠的人群裡。他隔著放下的護目鏡，從上到下打量著三個男人，然後生氣的喊著：「如果不是戴著安全帽，我現在已經死掉了！」

有人來拜訪我，讓媽媽大吃一驚，她總在抱怨我沒有朋友。現在我有朋友了。他雖然個子很矮，年齡也非常小，但顯然對媽媽來說這些都不重要。她覺得奧斯卡的藍色機車安全帽很有意思。

「從什麼時候開始，騎腳踏車也要戴這種東西了？」她問。

她的後背抵著廚房的電爐，手裡端著咖啡杯，一點一點的啜飲著。比勒的咖啡杯孤伶伶擺在奧斯卡和我之間的桌子上，只喝掉了半杯。

「我沒有騎腳踏車。」奧斯卡說。他的聲音聽起來還是悶悶的，因為一直被安全帽的護目鏡擋著。

「是啊，但是騎摩托車也不安全。」

奧斯卡看她的樣子，好像她的腦袋瓜有問題似的。不過，他現在總算把護目鏡掀了開來，儘管如此，除了上排巨大的白色牙齒以外，還是看不清他的嘴。「不戴安全帽很危險。」他說話的樣子好像他是大人，而媽媽是小孩，「隨時有可能發生意外事件。」

「可是在我的廚房裡不會，年輕人！」媽媽的聲音聽起來似乎有一點生氣。「里克會證明給你看。」

我皺著眉頭。「一個星期前，我的頭才撞到冰箱。」

「那不是意外，」媽媽反駁說：「都是因為你太快從走廊跑過來，才撞到打開的門。」

我看得出來，媽媽在這裡，奧斯卡感覺不大自在。躲在安全帽下，他四處張望著，好像一隻受驚的烏龜。星期六的時候，他穿的是另外一件襯衫，不過那架折斷一側機翼的深紅色小飛機仍然別在身上，就在比心臟高一點兒的胸口位置。他細小的手指神經質的輕敲著桌子，啦噗、嘀噗、嗒噗。很可能是因為媽媽認為不禮貌，要他立刻把安全帽摘下來，而使奧斯卡心裡覺得緊張。

他想得不完全錯，也不完全正確。媽媽善於和各式各樣奇怪的人周旋。她的首要原則就是，從來不會強迫任何人非自願的承認什麼事，無論如何她都不會這麼做。她只是看著，一直看到那個人受不了，自己主動說出來。

現在，她就用這種充滿好奇的眼光看著奧斯卡，好像科學家正在觀察一項才被發現的全新物種那樣。我也很想知道，安全帽下的奧斯卡到底長什麼樣子。也許他其實根本就不害怕意外事件，或是因為長著兩隻奇怪的耳朵，而羞於讓別人看到，或者完全沒有耳朵，就像沒有支付全額贖金的兩千元先生的綁架受害者那樣。

奧斯卡的手指動得愈來愈慢，然後完全停止敲打。他抬起頭，直視著媽媽的眼睛說：「如果你願意，你可以一直這樣盯著我看，我無所謂。但是我也會盯回去。」

然後他就真的這麼做了。我第一次注意到，他的眼睛是那麼的綠，而且還閃閃發光，既沒有惡意也不好鬥，只是單純閃著光，因為他正在和媽媽對視。在那一刻，我強烈的羨慕起他的高智商。媽媽盯著我看的時候，我會立刻低下頭，專注的看著地板，好像那裡突然冒出來一大群四處亂跑的彩色螞蟻，或是地毯著火了。堅持不退讓的瞪著對方，這個主意我從來沒想過。

我急切的想知道這兩個人誰會贏。媽媽是我的媽媽，所以原則上我應該站在她那邊。她很有經驗，眼睛一眨都不眨。可是奧斯卡比她小太多了，即使他也能夠眼睛都不眨一下，我還是覺得這場對視比賽有點不公平。有可能媽媽也這麼想，或是她失去了興趣，無論如何，她突然說：「我要去修指甲了。」

我和奧斯卡同時看向她的指甲，每個指甲上都貼著一隻小海豚，只有兩個小指例外，因為貼不下。

「你想用什麼來取代上面的海豚？」奧斯卡的聲音像是在傳送和平的訊息。

媽媽聳了聳肩。「再說囉，可能是其他小魚吧。」

她把她的咖啡杯放進洗碗槽，抓起她的日式晨袍走出廚房。奧斯卡等到她聽不見我們說話的聲音時，才小聲的對我說：「海豚不是魚。」

「她喜歡你。」我說。

他搖了搖頭。「還不知道她是否會喜歡我。她只是覺得我很奇怪，因為我的安全帽。」他把護目鏡再次拉下來，聲音聽起來又變成悶悶的。「德國每年幾乎有四萬個小孩在交通事故中不幸死亡，其中大約三分之一死於汽車事故，接近百分之四十是在騎腳踏車的時候，還有百分之二十五是行人。」

數學！我曾經提過，我對數學一竅不通。

「大部分兒童發生意外是在上學的路上，或是在下午玩耍的時候，」奧斯卡繼續低聲咕噥著說：「騎腳踏車的孩子大部分是因為騎錯了車道。走路的大多是因為沒有看有沒有車，就跑過馬路。我總是會先看清楚喔，每次都是！」

我發覺我們之間的差別在於：我的心情幾乎總是很好，雖然我知道的事並不多；奧斯卡知道各式各樣稀奇古怪的事，然而他的心情也因此沉到谷底。特別聰明的人一定都是這樣，看到了事物美好的一面，同時也會看到醜陋的一面。

我跳了起來，想到一個點子。「我要給你看一樣東西，」我說：「一點都不危險，非常有趣唷！」

「是什麼？」

「等一下，我要跟媽媽說一聲。」

我衝進客廳（今天真是個快速的日子），媽媽盤著雙腿坐在我們窗臺旁邊的思考椅上看著窗外。她的目光投向遙遠的地方，而她周圍看不到任何指甲油或是新的指甲貼紙的痕跡。也許她說謊，她只是想休息一下。

「你覺得他怎麼樣？」我輕聲的說。

她轉向我，皺了皺鼻子。「我覺得他有點奇怪。你到底是在哪裡遇到他的？我還從來沒看過這種戴安全帽的小孩……」

「我不是說奧斯卡。我是說比勒！」

「喔……」突然間她顯得極為疲憊，好像一個星期都沒睡覺似的。她慢慢的閉上眼睛，又睜開，然後一個字、一個字慢慢的說：「里克，聽好了，我知道你想有個爸爸。為了我們兩個人著想，我們家會有的，這一點你要相信我！但是這不意味著，你認為合適的人，我都要和他們談戀愛。」

那好吧，所以她認為比勒很糟。可能是因為她工作的原因，她要長期周旋在各種類型的人之間，所以私生活中不想再碰到與此有關的任何事，這點可以理解。但是如果這樣下去，而媽媽又不留意的話，她很可能某個時候就會心情鬱悶。到目前為止，她還沒有帶男朋友回來過，然而她在工作中認識的男人數量一定比在肉品區後面的大鈴阿姨多很多。總會有一個是適合的嘛！

「求求你跟我說，你到底覺得他怎麼樣？」我的聲音很急迫。我重視的是她是否喜歡比勒，哪怕只有一點點。我是喜歡他的。

「是西蒙．西比勒。」她想了想說：「好吧，應該說，那個傢伙絕對是我這輩子見過最令人難忘的。」

為了她和我自己，我本來應該是開心的。可是媽媽接著又只是望著窗外。現在她看起來不僅疲憊，而且還有點悲傷，雖然她就坐在我的面前，感覺卻離我十分遙遠，就像天際線上一個孤獨的人影。有時候，我一點都不了解她。

天際線：在很遙遠的地方，天空與地面在那裡交會，那也可以是海洋和天空的交會處。地面和海洋沒有辦法交會成橫線，交接處只會呈垂直線，但是那一定有另外的叫法，譬如說是「海際線」。

5

還是星期一 在屋頂上

擠成一團的男人們散開了，沒有一個留在我家門口。我關上身後的房門，問奧斯卡：「是誰幫你開門、讓你進來這棟大樓的？」

他把安全帽的護目鏡推上去，深深的吐出一口氣，好像早就在等著回答這個問題，而現在終於可以說出他的答案了。「根本沒有人，大門是開著的！」他氣呼呼的大叫著說。「這樣可能會讓很多人跑進來！兇手、小偷、在樓梯間尿尿的酒鬼。你們的鄰居到底是些什麼人？怎麼會這麼**漫不經心**？」

我聳了聳肩，回想起我也曾經讓大門敞開著。大門後有一個小鉤子，當有人要從外面往裡頭搬運重物時，就會把它掛在牆上的環扣上。沒有人會大驚小怪，除了奧斯卡以外。在奧斯卡的生活中，顯然所有的事都是危險的，至少感覺上他似乎都是這麼想。

「那麼你怎麼知道要按哪一家的門鈴呢？」

「樓下入口處有寫名字。」他的聲音變得異常尖銳，好像一道波浪拍打著我們前面的樓梯間。「門是**開著的**！」

「對、對，你說過了。」我有點緊張。如果他再繼續這樣鬼叫，費茲克很可能就會來抓我們。我趕快往樓上走。「我是想問你，你是怎麼找到我們家的？」

他邁著兩條短腿，跌跌撞撞的緊跟在我後面，但最後還是停下來喘氣。「你說過，你爸爸是義大利人，門鈴的名字上多瑞提是唯一聽起來像義大利人的名字。」

我一面驚歎奧斯卡的結論富有偵探性，一面生氣自己怎麼沒有想到。

「你知道馬波小姐嗎？」我問。

「不知道。她也住在這棟大樓裡嗎？」

哈，這是個多麼好的機會啊，可以嘲笑他一下！幾乎所有人都知道馬波小姐的電影。不過也許天才不看電影，只會出現在像是《猜猜看，那是什麼？》的節目裡，去猜質數之類的東西。但我把這個想法壓了下去。另外，如果一個人喜歡另一個人的話，他也不會去嘲笑他，而且奧斯卡至少比我好上十倍，他有上百次的機會可以嘲弄我。我想起了那個住在騰本霍夫區、長著一張圓臉、皺皺T恤上有一大塊紅色草莓汙漬的小女孩蘇菲，在學校裡，她一定是被嘲笑的頭號人物。

「不要跑這麼快嘛！」奧斯卡上氣不接下氣的說，他很費力的跟著我。如果他把安全帽的護目鏡拉下來，那裡面一定都被他呼出來的氣體籠罩住了。「你究竟要帶我去哪裡呀？」

我不情願的放慢腳步。這時我們已經快到五樓費茲克的住處了，如果樓梯間很吵的話，費茲克一定會抓狂。他比大鈴阿姨還討厭吵鬧聲。

「我們要到上面六樓去。」我壓低了聲音說。

「那是什麼？」

「是六樓。」

「我是說，我們要去那裡做什麼？」

我笑著說：「等著看好了，希望你不要頭暈唷。」

「**頭暈**？」奧斯卡又尖叫起來，那聲音就像穿透力極強的警報汽笛。「你不是要帶我上去**頂樓**吧？」

緊接著就聽到「砰」的一聲，門突然打開，一股惡臭朝我們迎面撲來。費茲克穿著他那件破舊的條紋睡衣站在我們面前，像是要復仇的舊衣回收天使。自從我上個星期六見過他以來，他的鬍子還是沒刮，看起來也沒有梳過頭，那個樣子就好像是塞在插座裡的一塊抹布。

「怎麼愈來愈大聲啊？」他大聲喝斥。「我可是有心臟病的！究竟在吵……」

看到比他個子小太多的奧斯卡，他吃了一驚，說一半的話停在空中，只顧瞪著眼看。奧斯卡迅速拉下護目鏡，也瞪了回去。

「你究竟是什麼奇怪的東西呀？是那個笨蛋從精神病院裡找來的幫手嗎？」

沒人回答。

「你不會講話呀？」費茲克用手指重重的敲了三下安全帽。「喂！我現在是在問你話！」

「你這個臭死人的傢伙！」護目鏡下的奧斯卡突然大吼。「在發展中國家，衛生條件缺乏是引起疾病的最主要原因。而我們這裡有充足的熱自來水和肥皂，你該感恩，也該好好的利用它們。」

費茲克打量他，如同看待一隻擾得他心神不寧、想立刻用手把它打扁的小蟲子。他的眼神從奧斯卡的安全帽掃到他襯衫上的深紅色小飛機，又再掃回到安全帽。我屏住呼吸。

「你是誰？」費茲克終於打破沉默，咕噥著說。

「奧斯卡。那你呢？」

「和你沒關係。現在馬上從我眼前消失，否則我就把你們的腦袋擰下來，當球來踢！」

這是我聽過最可怕的恐嚇！費茲克轉過身去，關上門，匡噹！奧斯卡緊追兩步跟上前去，毫不猶豫的伸出手，按門鈴。

「你發什麼神經啦？」我噓聲說：「如果再煩他，他會把我們剁成肉醬的！」或者他真的會把我們的腦袋擰下來。怎麼會有這麼惡毒的人哪？

「門鈴壞了。」奧斯卡似乎沒有聽到我的警告，氣呼呼的說。他用右手使勁的搥打著門，像是要把它打破似的。

「你這樣做有什麼用？」我抓住他的手腕硬拖他走。我自己也有點生氣。

「他不講理嘛！」奧斯卡推高他的護目鏡，臉氣成深紫色。「不能因為我是小孩，就可以這麼不講理的對待我！」

「費茲克就是這樣，他一向如此，說不定他根本不覺得這是不對的。」我保證，他一定知道這樣不對，但是奧斯卡已經憤怒到了極點。「而且我也不是從精神病院裡出來的！」他對著關著的門大吼。

「他對每個人都這樣，你根本不用理他。」我催促說：「現在該走了！」

他終於跟上我。但是快到六樓的時候，他再次轉過身，好像以為費茲克會再次出現，向我們衝過來。而且直到我們進入布拉維茨克家，他的右手都還一直緊緊的握著拳。

布拉維茨克家上週五去度假前曾問我，能不能幫他們照顧屋裡的植物和頂樓花園裡的花草，他們會付我一些零用錢。沒問題，我回答。雖然我曾經很想買一頂新的棒球帽，但現在已經不那麼重要了，因為這段時間我決定要把所有零用錢都存到我的議會大廈裡，這樣媽媽就會有更多錢幫我支付兩千元先生的贖金。

進了布拉維茨克家的大門，穿過寬大的走廊，會進入一間更加寬敞的起居室兼廚房。從窗戶望出去是美麗的風景，可以看到低矮的古老醫院、幾條大街，再過去可以一直看到騰本霍夫區。一條狹窄的樓梯從廚房直通到頂樓的花園。可惜布拉維茨克家現在沒有其他地方可以參觀，我已經做過偵察了，他們把所有其他房間都預防性的上了鎖，甚至連他們家胖子托本的房間也是。在沒有人注意時，托本就會偷偷嘲弄我。他們可能想到我會到處窺探，竟然不信任我到這種程度。在出發前，他們已經把房間裡所有的植物都擺在廚房的餐桌上，以便澆水。我帶領奧斯卡穿過廚房，讓他在我前面先上樓梯。這間房子絲毫沒有引起他的興趣，他甚至沒有好奇的左右張望一下。

布拉維茨克家的頂樓花園形狀像是一條攤開的手帕。出了屋頂平臺大門，一直走到圍牆邊往下看，整個後院盡入眼簾。如果走到另一邊，下面就是帝福街。小花盆和栽種大型綠色植物的大桶子沿著圍牆四周整齊擺放著，大部分的空間都被幾把木椅、一張桌子和一條長凳占據了，如果拿個枕頭靠住後背，邊喝可樂邊看漫畫，那一定是非常享受的事。空氣中混雜著整個城市的躁動、永不停止且低沉的車聲、昆蟲的嗡嗡聲和樹葉的沙沙聲，但景色是獨一無二的。

獨一無二：了不起的、極好的、無與倫比的、超酷的。這個詞我以前就知道，儘管如此，我還是把它寫在這裡，是想證明有時候我也會用這個詞。

站在頂樓花園的中間，伸開雙臂，轉圈圈，就能看到柏林的各個方向；可以看到好幾百間房子的屋頂、成千上萬的綠色樹冠、在陽光下閃閃發光的議會大廈玻璃圓頂、一些教堂尖塔、亞歷山大廣場的電視塔、波茲坦廣場周邊林立的高樓，再遠一點甚至還可以看到美麗堡區的市政廳。抬頭望向天空，幾乎總能看到飛機飛過，不是剛從騰本霍夫或是特格爾機場起飛，就是要準備降落。如果旋轉得再快一點，這些景物就會從眼前急速閃過，人就會頭暈。如果有人發了瘋在這裡急速旋轉，他很可能會夾帶著一些小花盆飛過圍牆，爭著衝向地面，落在後院或人行道上，像熟透的番茄那樣摔得粉碎，真正的血肉模糊。所以我從來沒有嘗試過瘋狂的旋轉，我還沒有完全失去理智。

奧斯卡對此毫無察覺。他把後背靠在屋頂平臺的門上，安全帽底下的那張臉顯得極為蒼白。而他抱怨的時候，連聲音似乎也變得蒼白起來，充滿責備。

「你說過，這上面很棒而且不危險的！」

「是這樣沒錯啊。」

我希望他可以把安全帽摘下來，可是希望要落空了。他到底是怎麼了？我曾以為，會一直想著受傷的騎車人和被壓扁路人的人，適當的調劑一下會開心一些。而且在這上面一點也不危險，當然除非飛機噗通一聲掉在屋頂上。我在考慮是否該問奧斯卡，他知道多少有關飛機墜毀的事件，但這似乎不是個好主意。

「我從來沒有上過頂樓，」他可憐兮兮的說：「現在我終於知道為什麼了。」

我指著面向帝福街的那堵圍牆說：「你還沒有走到這邊來呢。你可以牢牢的抓住圍欄。」

「我也會游泳，」他呻吟著說：「可是我不會跳進滿是食人魚的池塘裡。」

「什麼是食人魚？」

「一種長滿尖銳牙齒的掠奪性魚類，生活在南美洲的熱帶淡水水域裡。幾秒鐘之內，牠們就可以把受傷的動物或人類啃咬到只剩下骨頭。」

那好吧，如果我有機會遇到食人魚家族的話，起碼現在已經知道了。雖然……

「你是不是一直在害怕什麼?」我說。

「不是害怕,是謹慎。」

假如我現在有瓶可樂或是汽水,也許奧斯卡在這裡會覺得自在些。但我不想為此跑到三樓,而且在布拉維茨克家出發前,我碰巧往他們的冰箱裡瞥了一下,完全是空的,清理得乾乾淨淨。一群吝嗇鬼!

「純粹是為了謹慎,」奧斯卡又小聲的重複一遍說:「是自我保護的本能。」

我無助的看著他。帶他上來這裡,不是沒有原因的。但我逐漸預料得到,他對我自認為很棒的主意可能絲毫不感興趣,不過既然已經到這裡來了,那我就姑且一試吧。

我指給他看用竹竿密密麻麻編織起來、分隔著布拉維茨克家與鄰舍的那道可以折疊的隔板。

「你不想看看狒狒那邊嗎?」

「那叫屏風❸。」

「我知道,我只是想測試你一下。」

---

❸ 里克把屏風(paravent)說成狒狒(Pavian)。

謝天謝地，他沒有看我，否則他馬上就會發現血液是怎樣湧上我的頭顱。我真該把他的安全帽拿來罩在自己頭上。

屏風：這個單字很容易就和那個有著紅屁股的猴子搞混了。屏風可以擋風，也可以阻擋好奇的鄰居。它也叫做西班牙牆，意思是說，這可能是西班牙人發明的。俄羅斯有一個地方叫做勘察加半島，如果這道隔牆是在那裡發明的話，那麼在買的時候，可能沒有人能正確的把它的名字唸出來，而且還容易著涼呢。所以，一定要感謝西班牙人。

「後面有什麼？」奧斯卡問。

「馬拉克家的平臺。」

「那是誰？」

「你在樓梯間碰到的那三個男人中的一個，穿著一件上面繡著金色保險箱的紅色工作服。他自己開一家公司。」我稍微深深的吸了一口氣。「保全管理，著重監控和門鎖服務。」

我盡可能不經意的說出這個句子，好像走過草地時隨意摘下一朵雛菊那樣。實際上我已經快昏倒了，內心充滿了自豪，因為我一個錯也沒出。馬拉克曾送給我一張他公司的名片，大概有一個禮拜吧，我每天至少會研究它十次，完整的背誦上面的介紹，希望有一天能對什麼人表達出來。誰知道偏偏會是精明的奧斯卡，我連作夢都沒想到。

而我旁邊的奧斯卡毫無感動的說：「我知道。」

我覺得他真掃興。但我可能也該換個角度想，對一個天才兒童來說，複雜的長句子不過是家常便飯罷了。他們知道那麼多事，又能很快的記住新事物，只是他們是怎麼做到的呢？還有什麼是他們不知道的呢？

「地球離月亮有多遠？」我問他。

「將近四十萬公里。」

哈哈，你看，就是這樣！他雖然能毫不猶豫的回答出來，但是畢竟沒有那麼精準，也許就因為差這麼一點，人類沒能降落在月亮上，而是落到了火星、木星或天王星上了。

天王星（Uranus）：照片上的天王星，看起來就像奧斯卡的安全帽那樣閃著藍光。最初我把天王星拼寫成了Urannuss，不過這次電腦的自動校正功能看來的確發

揮了作用。

「具體的中間距離，」奧斯卡在我旁邊慢條斯理的說：「是三十八萬四千四百零一公里。」

好啊，算你贏了！不過我還沒有完全放棄。「可是，你還是要先想一下才能說得出來，不是嗎？」

「我以為你是想知道，月亮在今天距離地球有多遠。這就需要計算出每天的視差，如果……」

「噢，已經夠了。」我終於認輸了。「那麼，你現在想不想看一下隔壁的屋頂平臺呢？」

「為什麼要看？」

「因為我想指一些東西給你看。一點也不危險！」在他又要尖叫以前，我迅速的補充。「我們只需要小心一點點，畢竟馬拉克才剛剛回家。說不定因為天氣好，他會上來曬太陽。」

雖然還有一點兒猶豫，奧斯卡終於離開了平臺大門。只要把隔牆的竹竿稍微撥開一點，就能清楚的窺探對面的景象。馬拉克的屋頂平臺要比布拉維茨克家的大很多，種了很多植物，有精美的家具，還鋪了地板，不是布拉維茨克家的棕紅色磁磚，而是有漂亮條紋的厚實木地板。

「帥耶。」奧斯卡小聲的說。他緊緊靠著我，幫我撥開竹竿。他的手指很小，指甲也剪得很短，短到連媽媽最小的指甲貼圖也沒辦法貼在上面。

「那棟有尖頂的是什麼房子？」他說：「在後面靠左邊的那棟？」

「哪一邊是左邊？」

我真該管住自己的舌頭。其實我並不想提出這個問題，只是它自動從我嘴裡溜了出來。那棟可惡的房子畢竟就在我的正對面，至少是它的屋頂，因為它的入口兩側都被其他竹編屏風遮住，正好擋住我們的視線。但是奧斯卡只是說：「左邊的，看得到一個小屋頂。」

「喔，是那裡啊。你知道嗎？以前人們從那棟小房子走下一條樓梯，可以通到後街的房子。不過那是以前，現在不行了。我參觀馬拉克家的時候，他曾經讓我看過一次。通往那棟小房子的門被鎖住了，因為在後街房子裡曾經發生過瓦斯爆炸。從那以後，那裡就有倒塌的威脅。」

奧斯卡冷不防的轉頭看著我，我的耳朵差一點點就被他抬起的護目鏡切了下來。「你說什麼？」

「有倒塌的威脅。如果你帶著那個奇怪的安全帽聽不清楚的話……」

「那叫倒塌的危險，不叫威脅。」

「我就是那麼說的。」

「你沒有。」

「我有。」

「好吧，你有！」

「我沒有！」

奧斯卡勝利的聳了聳鼻子。「好，繼續說吧。」

總之，在這場瞬間的激烈辯論中，我輸了，不過我現在沒時間去考慮那些。奧斯卡指著隔牆後面那棟門被上鎖的小房子說：「為什麼要看那棟房子？」

「因為我想帶你進去。」

「去後街房子嗎？」

我點點頭。

「你可真是異想天開啊！如果它有倒塌的危險，說什麼我也不會進去。」

坦白說，我也不想進去！原本我只是想證實一下，後街房子裡根本沒有什麼陰魂，也就是本霍華小姐的鬼魂。有奧斯卡在旁邊陪著我，可能就沒那麼可怕，說不定對我們兩個人來說，反而是一次有趣的探險。

「而且後街的房子像對面的那棟小房子一樣，都上了鎖，」奧斯卡指著尖頂房子說：「根本就沒有機會進去。你以為我是誰啊，鎖匠嗎？」

「我想，我們可以找馬拉克借鑰匙，他也可以跟我們一起去。我們可以看一下那棟沒有人住的房子裡到底還剩下什麼東西。」我採取最後一次無力的嘗試。「看會不會有一些有趣的老東西，或是其他什麼的。」

「算了吧。」

回答得這麼斬釘截鐵，讓我有點生氣。「你又害怕了嗎？」我挑釁的說。

「這跟害怕沒有關係。這是理性的問題。」

「你就是害怕！」

「你知道嗎？你真煩人耶！」奧斯卡嘆著氣說。他深吸一口氣，走向裝有柵欄的圍牆，從那裡可以看到後院。他小心謹慎的把身體探出去，雖然只有一點點。他甚至踮起腳尖，開始非常輕柔的晃動著，好像配合著聽不見的音樂節拍。

當我看到他這麼站著的時候，發生了一些奇怪的事。我不自覺的想起了墨利一世和墨利二世。墨利一世是媽媽送給我的五歲生日禮物，我之前從來沒看過倉鼠，或者也許我看過，但是我忘記了。無論如何，我覺得墨利棒呆了。牠在那裡跳來跳去，用那紅紅的小鼻子四處聞來聞去。媽媽把牠放在一個小小的編織籃子裡，在牠的肚子上綁了一個黃色的蝴蝶結。

「當然還有一個籠子，我把它放在客廳裡。等一下好嗎，寶貝？」

我只是興奮的點著頭，把墨利從小籃子裡抱出來。我以前從來沒有用手抱過像牠這樣弱小又溫暖的生命。我把牠緊緊的壓在胸前，因為我是那麼的愛牠，但這卻造成了不幸。

一個禮拜後，我又得到了墨利二世，因為這段時間我一直哭。墨利二世搬進了令我無法忘懷的墨利一世的籠子裡。我和媽媽把墨利一世安葬在一個小公園裡，公園的名字可惜我現在已經記不得了，但是我希望牠一切都好。

墨利二世比牠的前任長壽許多。媽媽再三提醒我，不要太用力壓牠，所以我沒有壓過墨利。但是我會讓牠在我房間裡四處活動，直到有一天牠不見了，就再也沒有出現過。

「就這樣吧。」在我們至少把整個家翻了三次之後，媽媽說：「不會再有倉鼠了。弗瑞德里克，我覺得，你還沒有能力可以真正為小生命承擔責任。對不起，也許這是我的錯。」

奧斯卡停止晃動，轉過來看著我。

「拜託！你滿意了吧？」
「就初次嘗試的人來說，非常好。」我寬容的說。
「那你呢？」他對我咕噥著。「你沒有害怕的事嗎？」
「有。我害怕會在城裡迷路，」我承認，「你知道的，我會找不到路。東西南北，甚至左右我都分不清。」
「這樣的事發生過嗎？」
「還沒有，我從來沒有一個人在路上走過。其實，也許根本沒那麼嚴重。媽媽說，如果我什麼時候剛好碰到這樣的事，我就叫一輛計程車，讓司機送我回家。如果她不在家的話，這棟大樓裡總會有人幫我付錢的。」
「好主意。除了迷路，還有別的嗎？」
為了謹慎起見，我搖一搖頭。雖然的確有一些比迷路更讓我害怕的事，但是我已經想好了，只有在奧斯卡和我成為真正的朋友之後，我才會向他透露，畢竟，朋友是可以互相信任的。只是我還不確定，他是否已經成為我真正的朋友了。我必須檢驗一下。
「明天你會再來嗎？」我問他。
我感覺到，我的臉因為心情激動而變得異常通紅。我想，這是個相當詭譎的測試。真正的朋友總是會給對方留時間，他們願意彼此盡可能分享更多美好的事物。可是假如奧斯卡現在說「不」的話……

他猶豫的看著我，好像面對的是某種在超級市場貨架上的商品，而他不確定自己是否真的需要買它。他抓了抓手臂，拉一拉胸前別著的小飛機，用他的大牙齒咬著下嘴唇。

「原本，」然後他說：「明天我已經有安排了。可能會花一整天的時間。」

我差一點就聽到我的心是如何摔落在布拉維茨克家平臺瓷磚上的聲音。不過只是差一點而已。最後一刻，奧斯卡突然回心轉意，快速的說：「但是我想，我也可以晚一點再做。」

我如釋重負的伸出手臂。「我們現在是真正的朋友了。」

他的小手握在我的手裡，感覺是那樣的溫暖。他笑了。「我們不是早就是朋友了嗎？」

現在我坐在這裡寫著，雖然通常這個時候我早就已經睡了。媽媽帶著她的新腳趾甲和艾瑞娜一起出去了。她最後還是貼了一些新東西，中間帶有極其細小的黃色花粉狀物的小小的白色法蘭西菊（不過我還沒看到啦），並說，我什麼時候想睡再去睡就好了，畢竟現在是假期。所以我現在坐在這裡，盡可能把我能想到的都記錄下來，這樣明天我才記得發生過什麼事。

首先我必須肯定的說，總而言之，這是非常成功的一天。奧斯卡現在是我的朋友，雖然只是剛剛認識，而且媽媽覺得，比勒是個令人印象深刻的傢伙，即使她還不想和他交朋友。交朋友要先外出，然後再戀愛、結婚和生小孩。我可以告訴媽媽，這個順序對我來說無所謂，那麼也許她會另做打算，而且還會邀請比勒明天一起去玩賓果。

真希望如此！

剛才我閒坐在思考椅上，往窗外望著。外面依然是一輪近乎美好的滿月，只要稍稍偏一下頭，就可以在那些奇怪的、會剝落樹皮的樹幹枝椏間看到它。今天的月亮是橘紅色的，所以，說不定它正在將近四十萬公里外的遠方燃燒著。無論如何，我就這樣坐著，想著這一天發生的事，我突然想到，今天發生在樓梯間的相撞意外到底是怎麼回事？今天是星期一，為什麼像比勒這樣的人會正好在樓梯間呢？他一定有一份工作，否則不可能租得起那麼貴的房子。難道他在休假，或是有其他原因？基辛林也是一樣，大白天還在閒晃，這個時候他原本應該在騰本霍夫區修牙齒了。只有馬拉克在這個時間出現不算什麼特別的事，畢竟他有自己的公司，可以隨意安排時間。

還真稀奇哩。

哎呀，我是多麼期待明天啊！奧斯卡會來，我要帶著他在護城河邊散步，雖然奧斯卡現在對此還一無所知，但真是太棒了。如果天氣好，我們也許可以在路上吃個冰淇淋。不，我們一定要吃冰淇淋。而那時候我會告訴奧斯卡，我最害怕的事是什麼，是怎樣出現的。然後我還會告訴他，我爸爸是怎麼死的。

6

星期二 上上下下

有時候人們早上醒來，睜開眼睛，立刻就會發現一些美好的事。就像是肚子裡升起一顆小太陽，照得人心裡溫暖又光亮。

奧斯卡和我約定上午十點鐘碰面。我蜷縮著躺在床上，想像著之後我們該怎樣進行護城河邊的散步。一個人的時候，我總是一直往前走，還不就是過了阿德米勒橋到啟智學校而已，要從哪裡拐彎，我就是缺乏那股勇氣。一旦線索從我眼前消失，對我來說就像是下班的人潮再加上週末的狂歡派對，甚至在超級市場單一的走道裡我都會迷路，絕對沒有成功的可能。

但是今天，奧斯卡會陪著我。我們願意在哪裡拐彎，就可以在哪裡拐彎。我們可以沿著護城河走很遠很遠，到那些我從來沒去過的地方。有個高智商的朋友陪在身旁，很遠很遠的路程就只是小事一樁。即使半路還是迷路了，陪在身邊的朋友也會幫忙問路。他會記得別人告訴他的是向左、向右還是向哪裡。小意思啦！

透過窗戶，我看到後街房子的牆上閃著亮光。沒有雲層遮住，和奧斯卡在一起，這將是多麼美好的一天。而今天晚上我和媽媽還要去玩賓果。也許我甚至能說服她帶比勒一起去。或者我可以問問比勒是否願意湊巧出現在社區的活動中心。是的，他可以聲稱他正在尋找他無依無靠的老母親，她去年在一家只有一條通道的超市裡買東西的時候走丟了，就在非常後面的地方，在賣魚的區位和甜食區之間，直到今天還不知道她到底去了哪裡，變成一個謎。就是這樣的老婦人！

我看著我的米奇鬧鐘。快九點了，我還有一個小時。這一點我確信無疑。雖然也有可能是差十五分鐘十二點，因為有時候我會把米奇的長針和短針看顛倒，但是首先，我從來沒有那麼晚醒來過，連放假的時候也沒有；其次，如果我還在睡，奧斯卡一定早就按門鈴叫醒我了。

我跳下床去尿尿，然後踮著腳尖悄悄走過媽媽的臥室，走進廚房，幫自己泡一碗穀片，喝了一杯果汁。十分鐘後，我已經吃完早餐，刷好牙，全部穿戴整齊。

時間還很早呢。

在我等待的時候，或是正好不知道該做什麼的時候，我就會坐在客廳的思考椅上。我已經記不得媽媽和我是什麼時候把它命名為思考椅的，不過我們超愛它，它又厚又舒適。有時候我坐在上面，只是要讓賓果滾輪機安靜下來。其實也可以舒舒服服的坐在裡面看漫畫，或是看著窗外在風中搖擺的樹葉。有時候會有小麻雀飛落在外面的樹枝上，興奮的嘰嘰喳喳叫個不停。人們還可以想像類似O英雄和他的木馬故事，或是思考重要的問題，比如，珍．馬波小姐什麼時候會和施特林格先生結婚。施特林格先生是她最好的朋友，可是他的態度太搖擺不定，而且對馬波小姐來說，他太笨了，但是除了這個胖胖的馬廄主人以外，她也沒有愛過其他人，可是這個人卻又常常藉故找她麻煩。

幾個小時過去了，媽媽已經起床，而我還坐在思考椅上。這中間，我不知道已經跳起來幾百次，跑到窗邊，向著下面的帝福街張望。我看到馬拉克從公寓走出去，如同往常那樣，朝著他不知停在附近哪裡的汽車走去。但也就是如此而已。

到處都看不到機車安全帽。

看不到小小的藍色頭盔。

看不到奧斯卡。

我拖著腳步走向在廚房的媽媽，心情有夠差，悲傷難過到感覺自己就像一隻大象。在熱帶雨林裡，大象垂死的時候，會走向一個地方，之前已經有一些大象死在那裡，而在那些大象之前也有一些大象死在那裡，牠們一定要死在死了的同伴旁邊。那是一個巨大的墳場。

我們家的廚房雖然不是墳場，但是我一定要去那裡。我坐在桌子旁邊，訴說著我的不幸。媽媽給自己倒了一杯咖啡，在我對面坐下來。

「他對你升級了❹，對吧？」

我聽不懂媽媽在說什麼。關於我的升級，一切都沒有問題，過了暑假，我在啟智學校就可以升上一級了。但這與奧斯卡一點關係也沒有，所以應該不是這個意思。我沒有說話，而是迅速的點了點頭。面對媽媽，有時候我覺得真難為情，因為我的理解力是如此遲鈍。

「現在看起來，好像我們兩個人今天的開始都不太好。」她繼續說著：「我必須離開兩天，也有可能會是三天。」

然後她不再說話。她的眼睛下面有黑眼圈，也許是沒有睡好。我看著她，她也看著我。她喝了一口咖啡，終於嘆了口氣。

「你能明白嗎，寶貝？今天下午我就要走了。所以囉，今天晚上的賓果，我們得取消了。」

也就是說……**什麼**？

「對不起，里克！我知道你很喜歡去那裡。」

真棒呀，該來的終究會來！很有可能媽媽想和艾瑞娜走遍城裡所有的美髮店，只為了給頭髮做個新花樣。但是，拜託……是啊，我已經習慣一個人被留在家裡，照樣能夠升級。不過可能會有那麼一天，媽媽回到家裡，發現水管破裂或是類似的事，而我已經被溺斃在走廊上，旁邊放著一封信，上面寫著：「我被留級了。」那就是她活該啦！

「你到底要去哪裡？」我悶悶不樂的說。

「你還記得克里斯提安舅舅嗎？」

只有模模糊糊的印象而已。克里斯提安舅舅是媽媽的哥哥，他住在德國非常左下角的一個地方。幾年前當我們還住在新克恩區的時候，他曾經來柏林拜訪過我們一次。當時他和媽媽爭吵得很激烈，嚇得我只好躲在房間床底下。當天他就走了。我已經不記得他長得什麼樣子、說話聲音又是如何。

「那個討厭的人嗎？」我說：「他怎麼了？」

「他不太好。我要到他那裡去。」

「為什麼？他究竟出了什麼事？」

「癌症。」

人人都知道癌症是什麼，甚至連阿甘都知道。當媽媽把一個如此糟糕的詞彙輕

---

❹ 德文的「升級」與「失約」同樣拼寫為versetzen。

描淡寫的講出來時，那就表示她心情不太好。她把癌症說得那麼輕鬆，就像是大鈴阿姨在肉品櫃旁問：「要不要再多買一點？」

「他會死嗎？」我猶豫了一下問道。

「是啊，也許會吧。」

天知道她要坐多久的火車。等她到達他那裡的時候，說不定克里斯提安舅舅已經死了，那麼這次的賓果遊戲不就白取消了嗎？

「今天就會死了嗎？」我問。

「不要再說了！」媽媽突如其來的對我大喊：「難道你就不能把你那該死的自私先放在一邊嗎？」

自私：只想到自己。與此相反的是只想到別人，會那樣做的人就是聖人。然而大多數的時候，聖人只會被人利用，最後還會被害死。所以最好採取中間路線，並且找到適當的解決辦法。

媽媽幫自己倒咖啡的時候，連看都沒看我一眼。她喝了一大口，然後開始啜泣，就好像一塊烏雲朝著在廚房裡的我們擠壓過來。我實在不忍心看到媽媽哭泣，因為世界會突然變得黑暗起來，彷彿親愛的上帝關閉了所有電燈。

其實，我早就該注意到她有些不對勁，因為甚至那件日式晨袍都憂傷的從她身上掉了下來。完全印證了那句格言所說的：「生活就像是在撕日曆！」但是剛才我沒有想到媽媽，只關心著自己的不幸。當我現在看到她在哭，我後悔剛才幹嘛要想到水管破裂。即使不高興，但是一次失約和一場告吹的賓果之夜，怎麼比得上一個即將死去的哥哥還要糟糕。媽媽的不幸要比我的大太多了。

我站起來，繞過桌子走到她旁邊抱住她。媽媽的臉埋在我的肩膀上，她的頭髮聞起來有一股混合著洗髮精和俱樂部的味道。她緊緊的抱住我，我都快沒辦法呼吸了。墨利一世在身體破裂之前，一定也有相同的感覺。

就在我幾乎無法承受的時候，她終於放開我。她用手背揉著眼睛。「我會沒事的，寶貝，我向你保證，」她吸著鼻子說：「只是現在……」

「已經沒事了。」

「你必須自己照顧自己幾天。你行嗎，我的大男孩？還是……？」

「沒問題的。」

「我把錢留在這裡給你，如果有什麼事，就去找大鈴阿姨，可以嗎？我再試著打個電話給卡施達特百貨公司，也許能連絡上她。」

「不用了。我今天晚上會去她家，親自告訴她。」

「好吧。除此以外，你隨時都可以打我的手機。」她抓住我的肩膀，讓我們的中間保持一段距離，然後她看著我的臉說：「我愛你勝過所有的一切！你知道的，對吧？」

原本我想向她道歉，並且對她說，我其實不想說剛才說過的那些話，但是突然間我完全亂掉了。我想到一些非常可怕的事，而這次賓果小球根本在我腦子裡沒有發生任何作用，它們只是短暫的發出啪啪的聲音，然後完全安靜下來，就像被凍住了一樣。而那個可怕的想法是：如果媽媽的哥哥得了癌症，也許她也會得到，因為她在他那裡……

「里克？」

「啊？」我的眼淚從臉上流下來，鼻子裡也跑出鼻涕，可是我沒有手帕。

「癌症不會傳染，聽到了嗎？」

我只是吸著鼻涕。

「你不要為我擔心了。」

我又吸一次，感覺好些了。媽媽從來不對我說謊。她抬起手，用晨袍的袖子擦著我的臉。她的嘴角終於露出微笑，雖然只是細微到如同墊在奶油麵包下面的油紙那樣薄。

「克里斯提安的電話是今天早上很早打來的，」她解釋說：「那之後我先是睡不著，然後睡過頭，而火車兩點半就要開了。小寶貝，我真的希望能夠為你的小機車夥伴做些什麼，但是我必須收拾東西、洗澡、及時趕到火車站買票……」

「快點吧。」我說。

我目送著她跌跌撞撞的走出廚房，走過她的房間。門開著，我能看到她鋪著精美緞面床單的天藍色的床，以及貼在牆上的海豚和鯨魚的海報。

我慢慢的平靜下來。媽媽不會得癌症，下個星期二我們就會再去玩賓果，而奧斯卡說不定什麼時候就會出現。我想起來，他曾說過，今天原本有一些重要的事要去做，那件重要的事也許就比在護城河邊散步重要得多，而他晚一點就會出現了。而且即使他明天或後天才來，我仍然會得到補償：大鈴阿姨今天晚上一定會做小馬芬堡給我吃，我們將會一起看電視，雖然還不是週末！如果我能說服她看馬波小姐的電影，那就幾乎跟玩賓果遊戲一樣棒了。我不會勸她帶我去玩賓果遊戲，大鈴阿姨認為，那是給那些沒有腰身、褲子快提到腋下的老傢伙們玩的。

剛才，生活似乎比最幽暗的陰影還要黑暗。現在突然雲開霧散，充滿了美好的可能。幾分鐘前，我還懷著壞心眼，覺得不用為克里斯提安舅舅感到抱歉，不過他那時的確不該和媽媽吵得那麼兇，害我驚恐的躲到床底下。在那裡我發現了墨利二世，就在床下最裡面的一隻又舊又小、我早就不能穿了的運動鞋下面。可能牠以為那裡有另一隻倉鼠。

那隻運動鞋實在臭到爆了。

兩點多一點，媽媽叫的計程車到了。我陪她下樓，計程車司機把她的大行李箱裝進後車廂，媽媽從後視鏡裡拋給我一個飛吻，然後就走了。我向她揮著手。在我的想像中，一朵黑色的憂傷烏雲在後面追著計程車而去。

我上來後，在思考椅上又坐了一會兒。我不知道到晚上之前該做些什麼，可以去布拉維茨克家澆花，但是如果我在六樓的時候，奧斯卡剛好這時間來按我家的門鈴，那該怎麼辦呢？

但是奧斯卡一直沒有來。

這是我的錯。我應該讓他留下電話號碼，或者至少該問問他姓什麼，那麼我也許還可以查查電話簿。我原本就對他一無所知，也從來不知道他住在哪裡。

「都是我的錯。」我反覆輕聲的自責。

現在我必須自己一個人消磨這漫長的一天，直到晚上能去大鈴阿姨家為止。

我看了一本漫畫。

我喝了果汁。

我跑到樓下去按貝爾茨的門鈴。

和貝爾茨聊天很愉快，可惜他不在家。真倒楣。如果奧斯卡剛好這個時候來按門鈴的話，那就是加倍的倒楣了，不過我現在還有一點時間順便到一樓的老墨姆森那裡串門子。有時候他會講驚悚的故事，就像那個被炸飛的本霍華小姐的故事，而且他的櫃子裡永遠有巧克力。不過大多數的時候，他都喝得醉醺醺的，劣酒弄得他滿口胡言。

劣酒：能使人喝醉的東西，也就是酒精，大部分都很便宜。喝完後大多數人就會開始講廢話，換一種說法就是，他們在發酒瘋。這不需要查百科全書，有些事人們自己都想得到。

此外，墨姆森還是個體重過重的老鰥夫，而且他的牙齒也不好，也許他沒有好好的刷牙吧。尤莉就曾說過，像他這樣的老髒鬼，沒有女人會想要，所以，墨姆森一定知道那種鬱悶的心情。鬱悶絕對生活在這棟大樓裡，假如鬱悶今天恰巧找上了他，一會兒它再撲向大鈴阿姨的話，對我來說就太超過了。在媽媽的烏雲和我自己的大象感覺之後，我今天要悲傷的事已經夠多了。

所以，還是上樓吧。

樓梯間裡空無一人，甚至有一點陰森，大樓裡是多麼的寂靜呀。一般來說，總會有一些聲音從不知哪一家傳出來：學生宿舍裡播放的音樂、克斯勒家雙胞胎們的爭吵、基辛林家飄出的單調古老風笛聲。如果布拉維茨克家的胖子托本也帶了幾個朋友來，在打電動的時候把音量開到最大，即使他們住在最上面，有時候還是會聽到吵鬧聲。費茲克已經申訴過上百次，還是沒用。

今天，誰都不在。絕對的寂靜無聲。

我回到自己家。

我把窗子打開，五分鐘後又關上。

我把髒衣服塞進洗衣機。

我整理自己的床鋪。

我坐在床上。

無事可做。

整天不斷的等待沒有任何意義。奧斯卡不會來了。即使他來了，我也不要理他。他不會想到，為了他，我差一點兒讓布拉維茨克家的花渴死！

於是，我站了起來。

當我到樓上的時候，我對奧斯卡的怒氣已經不見了。我自己覺得無聊又不是他的錯。讓約定像氣球一樣充滿我的腦袋，使其他東西都進不來，也不是他的錯。

布拉維茨克家的大部分植物都還有足夠的水，我把剩下的都澆了。

然後我下樓去。

我在三、四樓之間碰到馬拉克，他穿著合身的紅色工作服，提著一個塞得滿滿的麻布袋。大鈴阿姨第一次看到他這麼費力時，就搔著頭說：「典型的男人！等著瞧吧，他一定會用到只剩最後一條內褲和最後一件襯衫，然後他那位女朋友得加夜班，才能讓他的衣櫃恢復原狀！」因為那位女朋友從來沒有在帝福街九十三號露過面，所以我們猜測，馬拉克沒有自己的洗衣機。

「你好，馬拉克先生。」我說著，想從他身邊走過去。

「嘿，里克。」他費力的把麻布袋放下，向我點著頭。「又要出門了嗎？今天要到誰家去搜查呀？」

他沒有惡意。當我們搬進來後，我曾參觀過他家，當時他還給了我一瓶可樂。當然在那個時候，媽媽就已經告訴他我是個弱智，之所以喜歡看別人家，是因為在街上我只能一直往前走，看不了很多東西，不了解這個世界。媽媽和這棟大樓裡的每個人都講過，除了費茲克之外，所有的鄰居都表示理解，如果我去按他們的門鈴，他們都會讓我進去。有些人的家我甚至常常去，像是大鈴阿姨，或是貝爾茨、尤莉和馬索的宿舍。克斯勒家有一次還問我，我是否還會再次拜訪他們，但是他們家的雙胞胎讓我覺得很煩。

不管怎樣，馬拉克有一次甚至還把他帶有金色保險箱和其他標誌的名片送給我。現在我們碰了面，彼此都很友好，但是從那次以後，他就再也沒有邀請我去他家了。我總在夢想著，也許哪次他會用那眾多的鑰匙之一，為我打開他頂樓花園的那棟白色的小房子，但是那不重要。大人都在害怕，他們可能做了一些警察會認為不太好的事。

非法（illegal）：因為禁止而不允許做的事。合法（legal）則是允許做的事。Egal（無所謂）的意思是被禁止的事，好像還允許人去做。然而卻沒有類似的詞彙表達禁止人們做被允許的事，而Regal（書架）早就已經塞滿了。

「我去幫布拉維茨克家的花澆水，」我對馬拉克解釋說：「他們去度假了。」

「你說誰？」

「什麼？」

「花還是布拉維茨克？」

我驚愕的看著他。他想嘲弄我嗎？什麼時候開始，室內植物也會度假了？現在他對我揶揄的笑著。「只是開個小玩笑。里克的小玩笑。懂了吧？」

然而，他似乎也有出狀況的時候！「我怎麼一點也沒聽說，我可敬的鄰居們已經出門了。」不過他事後推諉了一番，好像什麼也沒發生過。

其實我應該問他，像他這樣每天帶著叮噹作響的鑰匙串不停的到處亂跑，或是提著發臭的髒衣服在這裡進進出出，怎麼可能聽到什麼事呢。真是個狂妄的笨蛋！

「別這麼生氣的看著我嘛！」他輕輕的撞了一下我的手臂。「那只是個善意的幽默，男人之間的小玩笑。我並不想傷害你。對不起，可以嗎？」

「好吧。」我停了一下才回答。

我並不喜歡被愚弄。但是今天這個情況我會把它當作例外，而且我決定只生一點點的氣，因為馬拉克平時對我還是很好的，像剛才那樣就是。他又高又大，看起來非常粗壯結實，然而面孔卻不特別引人注意。無論如何，我沒有把他視作是媽媽可以考慮的人選，畢竟他已經有女朋友了，怎麼可以讓媽媽不停的為一個男人洗衣服，而那個男人卻會和其他女人出去呢？而且還得打掃、清理等等。馬拉克超不愛乾淨，我參觀他家的時候，那裡簡直亂七八糟。如果他自己不注意的話，總有一天他會淪落到像倒臥在超市裡乳酪櫃檯前的費茲克一樣。

「好吧，我們接下來要做什麼呢？」他彎下腰，想提起裝衣服的袋子。「代我向你媽媽問好。」

「不行，她會有幾天不在家。」

他停下手上的工作，直起身體，皺著眉頭。「那麼這段時間誰來照顧你？」

「我自己啊，還有大鈴阿姨。」

「是喔，那好吧。」他的下嘴唇向前凸，好像不太喜歡他所聽到的事。「老實說，我沒辦法理解有些父母生了孩子，卻整天對他們不聞不問，只是讓孩子一直看電視，或是打電腦。」

「我沒有整天……」

「或是讓小孩沒人看管，在大街上到處閒逛。如果你問我的話，我想說，應該讓那個兩千元先生給這些家長一個教訓！」

「我媽媽不讓我……」

「如果不讓那些被綁架的孩子自己一個人在城裡到處亂跑，怎麼可能會有人抓他們呢？這只是我自己的想法啦，別見怪了。」

這時我又有點兒生氣了，可是除了點頭，我什麼也反駁不了。我想幫媽媽辯護，但是這個可惡的傢伙根本不聽我說。他蒼白的臉上泛起紅潤的光澤，就像媽媽洗澡時用的彩色海綿。如果我再說什麼的話，馬拉克一定會繼續罵下去，最後當他終於鎮定下來時，說不定會要我幫他一起抬那個袋子。

「我得走了。」我說。

「我也是。」他說，用力把那個麻布袋扛到肩上。「祝你今天一切順利！」

「你也是。」

這已經不太可能啦！我跳下三樓的最後幾階樓梯。直到進了家門之後，還聽得到馬拉克氣喘吁吁的爬著樓梯。「該死的六樓，」他低聲咒罵著：「以後一定要找有電梯的房子！」

自作自受，我心想。本來就該自己買一台洗衣機的啊，小氣鬼！

我還沒進到家裡，無聊已經又向我襲來，就像它走的時候一樣毫無聲息。

我坐在思考椅上。

我翻看著百科全書，學了三個新詞彙。

我望著窗外遐想。

我忘了那三個新詞彙。

我走進廚房，又喝了一杯果汁。

我還吃了穀片。

我洗了杯子，還有吃穀片的碗和湯匙。

我的目光落在垃圾桶上，裡面的垃圾已經滿到邊緣，差一點兒就跑出來了！如果我先去中庭倒垃圾，然後再寫日記的話，下午也許會過得快一點。

所以，我再次下樓。

垃圾回收箱在後院，緊貼著隔壁大樓的外牆。通往後院的兩扇大門中的一扇幾個星期前卡住了，一定要用力開才行，可能是生鏽或是怎麼了吧，而另一扇門本來就打不開。墨姆森早就應該修理，因為情況愈來愈嚴重，但是他大概只顧著喝酒而忘了吧，甚至連清運垃圾的人都在抱怨。

我用盡全力，把那扇堅持不合作的大門開到恰好容我拖著垃圾袋通過，一個踉蹌，正好撞到墨姆森。他手中正拿著一把大掃帚和一只小畚箕。是喝醉了嗎？我想起來了，星期二他要打掃中庭。

「午安，墨姆森先生。」我說。

他搖晃了一下，呆呆的瞪著我。「你是誰？」

「里克・多瑞提。住三樓的。」

「我知道啊，」他說：「你認為我很笨，是不是？」

我的天啊！

我幫他盡可能把門開到最大，而沒有回答他的問題。他走過我身邊時，眼睛直直的盯著我的臉。他的眼睛是那樣的混濁，好像有人不小心把牛奶打翻在裡面。

「您可能得修修這扇門了。」我說。

「到一邊玩去！」他沒好氣的說。

「我會的。祝您一切都好！」

「好什麼好！」

像電影中的慢動作一樣，門在他身後嘎吱嘎吱的關上。我搖搖頭，然後走向垃圾箱，高高掀起沉重的黑色蓋子，把垃圾袋扔進去。這時我看到，在髒亂不堪、惡臭難聞的垃圾堆中，躺著一架深紅色的小飛機。

我抬頭望向天空，就像在找到通心粉的時候一樣。烏雲競相追逐，幾乎完全遮住了太陽。只有在頂樓布拉維茨克家花園的金屬護欄上還反射著最後一縷陽光。我又低下頭來看，這架小飛機降落在這裡，只有一種可能：一定是奧斯卡昨天站在上面左右扭動、為了要證明給我看他不害怕的時候，不小心從襯衫上掉下來的。飛機失控翻落到中庭裡，有人把它撿起來，扔進了垃圾箱，說不定就是剛才那個喝醉酒的墨姆森。

我踮起腳尖，試圖從垃圾箱裡把那架小飛機撈起來，而不弄髒自己的衣服。這花了一點時間，但還是讓我辦到了，我仔細端詳著它，上面不髒。我輕輕的撫摸著它斷掉的機翼，然後把它放進褲子口袋，此時心中忍不住竊喜：如果我把這個小別針還給奧斯卡，他一定會樂壞的！他一定已經在想念它了。

接著我又回到三樓，那裡還有日記在等待著我。此時，我開心的期待著和大鈴阿姨一起共度美好的夜晚，還有小馬芬堡！為此，過一會兒我當然還要上去，之後再下來。

哎呀，怎麼會這樣啊？

7

星期三凌晨 特別報導

再十分鐘，米奇的兩隻手就都要指向十二，所以這時已經是午夜了。我非常確定，後街房子裡剛剛有一個巨大的陰影在動。所以我現在從自己的房間出來，走進客廳，走向思考椅。

所有的燈都亮著，不過即使把它們都關掉，也看不到窗外的月亮。外面一片昏黑，狂風吹動樹枝，把樹葉弄得簌簌作響，雨點密集的敲打著窗戶的玻璃。

我隨身帶了被子，把它蓋在腿上，坐在電腦前寫我的日記。我必須立刻把今天晚上發生的事記錄下來，否則我絕對會睡不著覺；而且我得制定一個計畫。

假如我的腦筋可以動得更快，那該有多好。

大鈴阿姨什麼都不知道。

如果我打電話給媽媽，只會增加她的煩惱。

我只能靠我自己。

我感到極度恐懼。

還不到七點半我就上樓了，我不想錯過晚間新聞。好啦，其實是我不想錯過小馬芬堡，和晚間新聞放在一起才不會顯得我很貪吃。

我按了大鈴阿姨家的門鈴，沒人回答。我把耳朵貼在門上，用力的聽，什麼聲音也沒有。然後我想起來，大鈴阿姨和我幾乎只有在週末她有空的時候才看電視，我都忘了，週間她要工作到八點，所以她現在根本不可能在家。說不定這個時候她正站在肉品區，切著剩下的肉排。有時候我還真是個白痴啊！

我頭頂樓梯上傳來有人走動的聲音，還開心的輕聲吹口哨。不可能是費茲克，他絕不是在我們這個星球上會快樂的人。有關門聲，然後又是一片寂靜。

所以我走上五樓。樓梯間轉角處躺著一個塞滿滿的藍色垃圾袋，看得出來裡面有裁剩的壁紙條和弄髒的各色塑膠薄膜，有紅色、黃色和橘色。希望這不是個幸運的偶然：比勒在家，而我還有半小時！如果我快一點，說不定他會讓我進他家。

我按了門鈴後，他馬上就來開門，依然露出他那整齊的白牙齒，黑黑的頭髮和下巴上的小傷疤。他吃驚的看著我，一副很擔心的樣子。

「里克！出了什麼事嗎？」

為什麼有那麼多人在一個小孩按他們門鈴時，總是問：「出了什麼事嗎？」

我搖搖頭，伸出一隻手。「晚安！我的名字是弗瑞德里克．多瑞提。我……」

「嗯……我知道你叫什麼。」

真沒想到他會打斷我說話！有些人就是沒辦法保持沉默，連十秒鐘都不行，而此時的情況幾乎就像那次描述保全管理、著重監控和門鎖服務時一樣困難。設定在我腦子裡某處的小閘門自己放下來，讓賓果滾輪機開始運轉起來。我感到很不自在，把手放下，我必須取消握手。人畢竟沒有辦法同時注意所有的事，這句格言媽媽至今已經不知道向我宣導過多少遍了。

「我的名字是弗瑞德里克·多瑞提！」我大聲的重複說：「我是個弱智兒童！所以說，我就只能一直往前走，沒辦法看左右的世界！」我講得愈來愈快，毫無停頓。「我喜歡參觀別人的家，可以讓我進去作為補償嗎？」

衷心祝福你，里克！我情願馬上掉頭走開。如果人們十秒鐘前就知道十秒鐘後會被認為是多麼愚蠢，那麼他們一定不會做或說他們已經做了或說了的事。但是現在事情已經發生了。

「弱智？」比勒的眉毛皺在一起。

「也就是說，我雖然可以想到很多東西，但是沒辦法很快。」我又擠出一個補充解釋。

「好……的。」他回答的很慢。

「這並不是說我是個傻子，譬如我知道月亮離地球有三十八萬四千四百零一公里遠。平均距離。」

「我知道。」還是說得很慢。

「前天我還不知道，也許一會兒我就又忘記了。因為有時候，有些東西就是會從我腦子裡跑掉，只是我事先不知道它什麼時候會發生。」

「是啊，如果這樣……」現在比勒露出笑容，是個親切的微笑。他把門往內打開。「那麼，進來吧。」

而且還有時間耶！

我從他身邊擠過去，他把門關上。牆壁油漆的氣味馬上衝進我的鼻子。走廊裡到處擺放著紙箱，大部分已經打開，有些還密封著，另一些已經被撕爛了。

「有一點混亂，希望你不會介意，」比勒說：「我在搬家，你明白的吧。」

我使勁的搖著頭。假如他和媽媽結婚的話，養成整潔的習慣是非常必要的。

緊鄰著我的房間門開著，我走了進去。那是客廳，但看上去好像冬天本人就住在裡面。沒有地毯，鋪著白色條紋狀的鑲木地板。牆壁也是白色的，就跟書架同樣顏色。書架有一半已經被擺滿，書和ＣＤ或站或躺在其間。看不到任何一幅畫或一張海報，也沒有像在大鈴阿姨家或我們家那些美麗但無用的小裝飾品。一張白色的皮沙發，前面有張小桌子；一個空玻璃杯擺在翻開的圖片報紙上。地面還很溼，好像施了魔法似的，偏偏讓登載莘蒂赤裸胸部的那一邊鼓脹了起來。莘蒂來自高美屋區，黑體字大大的寫著她二十二歲，是個護腳美容師。至於其他的，從我站的這個角度就讀不到了。真是的，比勒也看這些亂七八糟的東西！此外，桌子上還堆滿了各種沒用的東西，像是鉛筆、筆記本、帳單等等。房間的一個角落，一臺小電視擺在地板上，另一個角落有臺音響。

「還可以吧？」比勒在我身後說。

這聽起來像是人們不知道該說什麼的時候才會提出的問題，又像是個只能回答「是」的問題，所以我嘟噥著說：「是。」

鉛錘❺：一種金屬線，可以讓人得知某件東西是否是直的，像是牆壁。可是它必須懸吊起來，如果把它平放就起不了什麼作用。牆壁最多也是從上到下或是由下到上，而不是一開始就向前或向後。

❺「鉛錘」的德文是Lot，里克聯想到這個詞彙，是因為先前西比勒問了：「還可以吧（Sonst alles im Lot）？」而「lot」一詞在該短語中有「正常」的意思。

我把手背在身後，抬頭看著天花板，至少那裡是漂亮的，甚至可以說非常漂亮——古老的石膏花飾，而且破例漆上了顏色。

「你媽媽好嗎？」

那裡看起來幾乎就像是一座原始森林，有一些紅色、黃色、橘色的小花和樹葉彼此交織纏繞，其中一些的效果真實到讓人覺得它們似乎會從天花板上長下來。媽媽會喜歡的。

「里克？」

「啊？」

「你媽媽還好嗎？」

「她覺得，您是個令人印象深刻的人。而且……」

如果有一些綠色在其他的顏色當中，就更好了，或者是一些與那眾多小花和樹葉完全不同的東西。如果是魚的裝飾，會怎麼樣呢？那麼房間的天花板有可能看起來會像個水族箱，從一個角落游出來一隻小烏龜，而從另外一邊會出現一條可以吃的美味小魚；中間是一隻藍鯨，大得……

比勒用力的咳了幾下。我轉向他，他站在門框旁，拇指插在褲子口袋裡。他還在微笑著，但此時的他看起來就像沒耐心等別人把水族箱安排好的那種人。

「什麼？」他說：「而且？」

「說實話，我猜，她可能不會愛上您，因為她會想到爸爸。」

「喔……我明白了。」現在他不再微笑，看上去就好像是個學校作業剛剛拿了個壞成績的學生。「我，嗯，我有想到。你們自己生活嗎？」

「我們沒問題。爸爸早就死了。」

而這時他看起來，好像老師告訴他剛才發錯了作業，他得到的是A。他的膚色很黑，就好像前幾天都在太陽底下度過，只有下巴上的小傷疤閃著明亮的光。

「對此，我感到抱歉。」他的聲音突然變得如此溫暖，以致於我彷彿覺得周圍的這間冬之屋正在融化中。「我為你們感到抱歉！」

「他死的那天刮著狂風，」我不由自主的說：「那是在秋天。爸爸想……」

手機響了起來，那個鈴聲很好聽，就像是有隻老鼠在鋼琴琴鍵上奔跑。

「對不起！」比勒豎起一根手指。「別走開，可以嗎？我正在等這通電話，但不會講太久的。」他轉身衝到外面，鈴聲中斷了。

我想，弗瑞德里克，你難道是瘋了嗎？差一點就把最隱密的事告訴了比勒，而此時我和他根本還沒成為朋友呢！他到底是怎麼做到的？這樣絕對不行。如果他回來的話，我要告訴他，我得走了。

他消失在斜對面的房間裡。我伸長脖子，那裡是廚房，他壓低聲音講手機。我一個字也聽不懂，在我為了聽得更清楚而想悄悄溜進走廊前，電話就已經講完了。我把頭縮回來，裝出什麼事都沒有的樣子。

「我現在必須出門一趟。」比勒回來的時候說。他的樣子還是那麼親切，可是動作卻又極俐落。他不知道從走廊的哪裡拿了一件棕色的薄皮夾克。「但是我會建議你，」他一邊穿夾克、一邊說：「明天下午晚一點的時候，你可以再來，我會有比較多的時間陪你，聽你的故事。好不好？」

「我不知道，是否……」

「如果你不想告訴我那個故事，當然我也不會強迫你。但是邀請還是有效的，好嗎？」他指著門，試著微笑，卻掩飾不住他的緊張。「那麼現在從這裡出去吧，你這個腦筋不靈光的包打聽！」

當我出其不意的出現在她的門前時，大鈴阿姨就像聖誕之星那樣滿臉笑容的注視著我，而我突然意識到，她心情鬱悶的時候要比她高興的時候多得多。我第一次問自己，為什麼她沒有孩子？

「媽媽已經出發了，」我進到走廊後解釋說：「最早後天才會回來。」

「她到底去哪裡了？」

「去左下方，她哥哥那裡。他得了癌症。」

「天哪！」大鈴阿姨砰一聲把門關上，一臉吃驚的轉身看著我。「真的嗎？」

「克里斯提安。媽媽沒有其他兄弟了。」

「這我知道。我是想問，他是不是很嚴重？」

「啊，原來是這樣……不太清楚呢。」

大鈴阿姨悲傷的搖著頭。「哎，怎麼總是找錯人呢？」

「那誰才是正確的人？」

「墨姆森。」她說，連睫毛都沒動一下。

「他怎麼了？」

「我剛剛才又和他吵了一架，就在我剛回來的時候。通往後院的大門已經卡住好幾個星期了，你一定也已經注意到了吧？」她的情緒是那麼激動，根本就沒等待我的回答。「如果要倒垃圾的話，幾乎都推不開門，而且一天比一天糟糕！但你想，這個燒酒瓶變成的管理員會關心這些事嗎？」

我聳了聳肩，跟著她走過牆上掛著的哭泣小丑照片進了廚房。「至少癌症還不會傳染。」我說，想把話題從墨姆森引開。如果她繼續罵下去的話，說不定會忘了做小馬芬堡。

「你這麼確定嗎？」她轉身問我。

「那還用說！我只是以為你還不知道罷了。」

跟那個讓人不愉快的馬拉克不同的是，大鈴阿姨顯然認為媽媽把我一個人留在家裡，根本沒什麼大不了的，至少她對此隻字未提。取而代之的是，她終於想到要關心一下我了。

「我正好也想做一些東西。你吃過飯了嗎？」

「穀片，下午吃的。」

「那好吧，我給咱們倆做些小馬芬堡。」

太棒了！

她打開冰箱，把香腸、乳酪、小黃瓜和番茄拿出來。「對了，我剛好買了一部新電影唷。」

我靠著餐桌。「是偵探片嗎？」

「愛情片，《麻雀變鳳凰》。聽說過嗎？」

「沒有。是講什麼的？」

「是講一個應召女郎，愛上了一個有錢人。」

「什麼是應召女郎啊？」

「呃……」大鈴阿姨又轉向冰箱，忙著在裡面翻找東西。「奶油到底跑到哪裡去了？」

「在芥末醬的旁邊。什麼是應召女郎？您也不知道嗎？」

「當然知道啊，我……」她的肩膀縮向前，似乎試圖把自己摺疊起來。然後她轉向我，手中拿著奶油，審視的打量著我。「嗯，該怎麼說呢？我想，你這個年齡可以知道些事情了。」

「可以知道什麼樣的事？」

「了解一些特別的事。」她把奶油放在桌子上，擺在其他東西的旁邊。「那好吧，應召女郎就是一種女人，為了錢，她們得幫助男人度過一個美好的夜晚。」

「像我媽媽那樣嗎？」

「不是。不是……不是……不是！」她使勁的搖著頭。「你媽媽只是在應召女郎會認識男人的俱樂部裡**工作**！她得隨時留意讓這些男人保持禮貌，讓他們……嗯……如果他們太親熱的話，就讓他們多喝點酒。」

「她在管理俱樂部！」我自豪的說：「是老闆之一，由她決定要買哪些酒之類的事。」

「類似吧，是啊。」大鈴阿姨嘆息著說。她從櫃子裡取出麵包。「好了，現在讓我做飯吧。你到客廳去，把電視打開。等一下我們吃飯的時候，你就可以告訴我，這世上都發生了什麼事。」

她指的是政治。但其實我更喜歡繼續看著她做飯。

「我會記不住。」

「才不會，你可以的。你有非常獨特的記憶力，我不會讓你講其他事情的。」

「可是我聽不懂政治。」

「如果把所有不懂政治的人送去你的啟智學校，那裡一定不久就要擴建了。」

「那個討厭的啟智學校不是**我的**！」我小聲的咕噥著。

她在我眼前晃動著切麵包的刀子，說：「現在走吧，出去，出去吧！我不喜歡有人在廚房裡擋著我的路。」

我悶悶不樂的走進客廳，讓自己跌坐在沙發裡，伸手抓起遙控器，打開那台超大的電視。節目永遠設定在新聞台，這樣大鈴阿姨才不會錯過她喜愛的烏爾夫．布勞舍。畫面還沒有出現，就先聽到一個女人的聲音。

「……三個月以來，擾得整個柏林人心惶惶的那個人，就像剛剛報導的那樣，已經綁架了第六個人質。我們的特別報導將帶您進一步了解目前的發展狀況……看起來，這次的狀況與前幾次有著天壤之別！」

終於看到那個女播報員了，布勞舍的同事，有時候他們兩個會輪流在柏林新聞台出現。她試圖表現出非常擔憂的樣子，畢竟這涉及到一個孩子，不過我可不買她的帳。如果涉及的是兒童，在電視上她們總是表現得很焦慮，但是在超級市場的購物走廊上，她們會對著你砰砰的敲打購物籃，或是幾乎把你推到冷凍櫃裡，只因為你擋到她們的路。

儘管如此，此時還是令人緊張的。女播報員解釋說，這次很不尋常，綁匪上週六才釋放一個孩子，而現在又綁架了一個。沒錯，我也覺得這次真的很快，也許兩千元先生害怕暑假裡他沒辦法再抓到小孩，因為他們都跑去度假了。

一張柏林地圖出現在螢幕上，上面幾個區域一個接一個被清楚標示出來：維町區、夏洛特堡區、克羅伊堡區、騰本霍夫區、利希登堡區。

「綁架案並沒有既定的模式。警方認為，兩千元先生只是無目標的在街上開車亂轉，一旦有適當的機會，就把小孩吸引到他的車上。」

這時美麗堡區也被標示出來，所以，新的受害者顯然是來自那裡。其他的區域黯淡下來，六個紅色的圓點在地圖上閃著亮光，每個綁架的地方都有一個紅點。

「怎麼樣？」大鈴阿姨從廚房裡喊著：「有什麼新聞嗎？」

「那個超市綁匪又綁架了一個孩子！」

「我的天哪……開大聲一點！喝牛奶還是汽水？」

「牛奶，謝謝！」

我操縱著遙控器，把聲音調大。

「綁架案史上第一次有受害者的父親沒有支付贖金，就先向警方報案。」

六個區域和紅點被晃動的攝影機所取代，螢幕右上角現在出現了「現場直播」的字樣。鏡頭上看到一個相當年輕的男人，真是一點都沒有會照顧人的樣子。他的面前排著一大排麥克風，擁擠到幾乎看不清楚他的臉。因為閃光燈照著他，使他不停的瞇眼睛。記者們從不同方向向他提問。

「為什麼您要報案？綁匪總是威脅說，要把被綁架的兒童……」

「我沒錢，」年輕人說：「就這麼簡單。」接著他鄙夷的補充：「我只能求助警方，另外，也不會有銀行讓我貸款，沒有任何貸款會為了被綁架的小孩發放。」

「什麼是貸款？」我向著廚房的方向喊。

「向別人借用一陣子的錢！」大鈴阿姨喊回來：「事後要還的錢會比原先借的還多一些。」

當我正想問她，她有沒有可能會向我借什麼的時候，電視上正好播出新的受害者的照片。我的心都停止跳動了。

那是個男孩。

那個男孩就是奧斯卡。

雖然他沒有戴安全帽，我還是立刻就認出他來。沒有人的眼睛像奧斯卡那麼綠，也沒有人有那麼大的牙齒；而且可能也沒有人長著那樣的招風耳，它們幾乎是水平站在奧斯卡的頭部兩側，好像不用費力就可以在裡面放入一個裝滿冷飲的小玻璃杯。

「男孩的父親剛才告訴我們，他七歲的兒子大約早上九點三十分從家裡出發，說要拜訪一個朋友。但是小奧斯卡根本沒有到達那裡。」女播報員說。

我不明白那個女播報員在說什麼，耳中響起一陣奇怪的轟鳴聲。現在看到的是被眾多記者包圍著的奧斯卡的爸爸。

「我還在奇怪他為什麼不戴安全帽出門。一般來說，不戴安全帽，他是絕對不會出門的！我們住在一個大城市，我們的街道十分危險，這一點我一再的告誡他。」

「為什麼您不陪著您的兒子呢？這不是在刻意傷害您作為家長的監護權嗎？」

「我不回答。」

「您知道奧斯卡要拜訪誰嗎？他自稱要拜訪的這個朋友確實存在嗎？」

「我不回答。」

「今天上午十點三十分，獨自扶養男孩奧斯卡的父親接到一通綁匪的電話，而這通電話也與眾不同：到目前為止，綁匪皆毫無例外的以書信方式和受害者的父母連絡。然而，綁匪這次的要求和前幾次一樣是兩千歐元，繳付贖金的地點目前尚未商定。」播報員說。

我耳中的轟鳴聲減弱下來。兩千歐元，我心裡想，兩千歐元。很顯然，奧斯卡的爸爸沒有有錢的朋友或親戚可以借他這筆錢。他也沒有老婆，而奧斯卡一定也沒有一座議會大廈。對一個什麼事都擔心害怕的人來說，這實在太不謹慎小心了。連我在這段時間都在為我的綁架案存錢呢。

大鈴阿姨像個影子似的從旁邊出現的時候，嚇了我一跳。她把裝著小馬芬堡的盤子放在桌上，我根本就沒聽到她進客廳的聲音。她拍了拍那個總是要靠在後背的絨毛枕頭，然後坐在我旁邊的沙發上。

「也許他們這次能抓到那個壞蛋！」她氣呼呼的說：「說不定有人還有印象，今天早上見過那個男孩。」

她往後靠在絨毛枕頭裡，把一塊小馬芬堡塞進嘴裡慢慢咀嚼。香腸配黃瓜。我在旁邊偷偷的打量她，如果我告訴她，我不僅認識奧斯卡，而且他今天早上就是來找我的，也許她會相信我。而就**因為**她相信我，她可能會把我拖去警察局讓警察審問我說：「在哪裡認識奧斯卡的？認識多久了？最後一次見面是什麼時候？約好了要什麼時候碰面？談論了什麼事？奧斯卡是否曾經提過什麼事，從中或許可以得出結論：他是否認識綁架他的人？」警察會把我分析透徹，就像馬波小姐分析她的嫌疑人一樣，然後賓果滾輪機就會失控。

我會因為腦袋漲得通紅而死掉。

電視裡現在播映的是第一個被綁架的孩子照片。我知道接下來會是什麼，他們已經重複過好幾千遍了：他們會一個接一個展示著孩子，還要配上充滿同情的音樂，彷彿所有受害者都是支離破碎而不是完整的回到家。

「除了一再的催人熱淚，他們也想不出更好的方式了，」大鈴阿姨說：「我看我們還是看電影好了。我把DVD放到哪裡了？啊，對了，手提包裡是吧？」

她從沙發上站起來，消失在走廊裡。我依然愣愣的盯著電視螢幕。我的朋友奧斯卡成了最新的綁架受害者，而他沒有媽媽會因此為他擔憂！有可能她死了或是怎麼樣了，我沒辦法想像。此刻，我應該要擔心或同情奧斯卡，但是，這種情緒後來才浮現。現在，當被綁架兒童的畫面在我眼前播映時，我只覺得自己就像是個被完全倒空的麵糊碗。

當播映第二個受害者的時候，我仔細盯著看，那是一張蘇菲的新照片。似乎她的父母終於意識到電視裡不斷播放的那張照片有多難看，所以給了晚間新聞一張比較好看的。蘇菲在兒童遊樂場，站在搖搖馬旁邊。這張照片一定是在他們學校運動場裡拍的，因為背景可以看到一棟很大的建築物，窗戶上到處貼著色彩豔麗的圖畫，應該是從教室裡面貼上的。

與那張老舊的、模糊不清的照片相比，這一張顯得非常清晰。雖然上面的蘇菲看起來沒有更漂亮一點，但至少可愛些了。她微笑著，頭髮洗過了，也不再穿著那件皺皺的、胸前黏著一大塊草莓汁髒汙的紅色T恤，而是一件熨燙平整的天藍色T恤。不過……

我向前探出身體，難以置信的是，蘇菲那件天藍色的T恤上，幾乎在相同的位置也黏著什麼東西！鏡頭裡的照片愈來愈大，而我的心在這個晚上第二次停止跳動了。那不是髒汙，我現在終於認出來了。

那是一架小小的、深紅色的飛機，機翼的一端折斷了。

8

星期三
尋找蘇菲

親愛的媽媽：

我故意讓電腦開著，這樣你回家的話，就能立刻看到我的日記。我不想讓你擔心，但是我必須幫助奧斯卡，就是那個戴著藍色安全帽的小孩。如果我發生了什麼意外，你可以把我的議會大廈敲破，用來支付喪葬費。假如克里斯提安舅舅過世了，你也可以把我和他放在同一個棺材裡。如果我死了，過去的事我都不在意了。衷心的哀悼！

愛你的里克

附註：比勒會非常樂意照顧你的！他人很好，而且有一間漂亮的客廳，特別是天花板。我愛你！

早上八點半，空氣清新又溼潤。我站在帝福街九十三號前面，注視著一個骷髏的小水窪，是昨天晚上那場雨在人行道上留下來的。花的種子紛紛從剝落樹皮的大樹上飄落下來，數也數不清，看起來就像是微小的降落傘飛行員。有時候雨滴會從我頭上的樹枝掉下來，啪的一聲掉進水窪裡，讓花的種子像小船一樣在光滑水面上急速掠過。

我已經準備好了，背包裡塞著媽媽的柏林地圖。她留給我的錢也帶在身上了，二十歐元。如果把手伸進我的褲子口袋，就能摸到那架我從垃圾箱裡撿回來的紅色小飛機。

有一點非常清楚：這架小飛機一定是奧斯卡從蘇菲那裡得到的，因為跟那架折斷機翼的小飛機一模一樣。但他是怎樣拿到的，我就沒辦法想像了。

可是，他為什麼要拜訪住在騰本霍夫區的蘇菲呢？

她跟他說了什麼？

有個疑點一直在我腦子裡打轉，一方面我自己也覺得難以置信，另一方面又覺得合情合理。如果你認識像奧斯卡這樣的人，就知道他會試圖憑藉一己之力找到兩千元先生的蹤跡；至於他是怎麼想到這個愚蠢的辦法，還有為什麼他的追蹤在上星期六會驅使他來到帝福街九十三號，我就不得而知了。但是他一定從蘇菲那裡得到一條可以追查的線索，一條關鍵的線索，不是蘇菲沒有告訴警察，就是沒有人把它當一回事。

我的頭嗡嗡作響，覺得有一點痛。有沒有可能兩千元先生根本就不是偶然抓到奧斯卡的，而是因為奧斯卡識破了他的詭計，所以才綁架他呢？奧斯卡每天這樣一個人在這裡跑來跑去，難道是想靠自己證明兩千元先生有罪，因此自願被綁架嗎？如果是這樣，奧斯卡為什麼沒有向任何人透露他的計畫呢？

這些想法在我的腦袋裡狂亂飛馳，就像是被剁肉刀追著跑而嚇得四處亂飛的雞群。昨天夜裡因為太過勞累，我坐在思考椅上睡著。但是無論如何，之前我完全沒想到要去探訪蘇菲。即使是現在，我仍然停滯不前，站在這裡，注視著那個討厭的水窪。

天哪，怎麼會這樣？

事情不該像是我似乎從來沒有出過城區或從來沒見過柏林的樣子，但是我真的從來沒有一個人在城裡走過。艾瑞娜有一輛超級跑車，天氣好的夏日，我們三個人會開車到處兜風。我們從亞歷山大廣場衝到電視塔，然後再開回來，經過布蘭登堡門，然後進入中心區，開車的時候我們會聽超酷的俄羅斯音樂。哪裡吸引我們，我們就在哪裡下車，找個雅致的地方坐下來。陽光照耀在艾瑞娜金色的小腳鍊和媽媽泛著玫瑰紅光彩的指甲上閃閃發亮，女生們喝著香檳酒，笑到直不起腰，而我則喝著可樂，開心的看到那麼多男人都認為媽媽很漂亮，因為他們一直盯著她看，即使媽媽從沒問過他們當中的任何人是不是也想喝一點她們的香檳酒。

但是讓我一個人在柏林找路，卻又是另一回事了。不知道正確的方向卻要動身去騰本霍夫區，即使是用想像的，就已經讓我在人行道上開始發呆。我不敢打開媽媽那本厚厚的地圖，各種線條和彩色區塊以及密密麻麻的小字和眾多奇怪小符號，這根本就不是給里克看的啊！那份地圖和我腦袋裡的賓果滾輪機彼此之間好像有著極大的默契。

然而，事情的發展真的很順利。

身後的大門打開時，我剛好轉過身去。基辛林看上去雖然沒有比勒那麼帥，但也很不賴。大鈴阿姨曾說過，他的穿著總是很挺拔，這話真是一點兒也不假。他的衣服和鞋子很時髦，而且還有一大堆各式各樣的太陽眼鏡。大鈴阿姨總是說，他齒模技師的薪水怎麼可能支付得起這麼多花俏的東西。除此之外，基辛林每個禮拜還要去做一次頭髮，他還有一輛整條帝福街最酷的車，那是老式的保時捷，裡面有些配備還不是全自動的。那輛車正好停在對面的馬路邊，基辛林從大門走出來的時候，鑰匙正拿在手裡。

有時當你想到了一個好主意，就會有種感覺，好像一下子沒辦法呼吸過來，而別人偏偏從你的臉上馬上就看出來。基辛林甚至隔著他的深色墨鏡都看到了。

「你還好嗎，里克？」他說。

我強迫自己吸氣，並點點頭。我們彼此不算很熟，當初我想窺探他的住處時，他感覺不太舒服，而如果我們在樓梯間相遇，我們也幾乎不會交談。

「你這麼早就要出門啦，」他說：「你們不是放假了嗎？」

「我正在等你。」我回答。

他吃驚的把墨鏡推上去。「等我？」

「我要去你的方向。」我說。他工作的那個牙科實驗室就在騰本霍夫區，我應該早一點想到的。

「騰本霍夫區？你要到那裡幹什麼？」

「拜訪一個女朋友。」

「是這樣嗎？」當他不懷好意的笑著時，看上去總是有點傲慢的樣子。「我以為，女朋友是要在晚上才能拜訪呢。」

「不是那樣的女朋友啦！」我差一點就要跟他解釋，我喜歡的人是尤莉，但是這與他無關。當然，我也不會問他喜歡的人是誰或是哪種類型。

「那麼，你要帶我去嗎？」

「當然囉，你是我的乘客嘛！」他說著，指了指保時捷。「但是如果你把車子弄髒的話，我會把你扔出去！」

我們穿過馬路，他幫我打開副駕駛這邊的門。我還沒坐穩，就急著從背包裡把地圖拿出來打開，用手指在上面搜索。基辛林從另一邊上車，扣好安全帶，瞄了地圖一眼。

「你在那裡找什麼？」

「一所學校。」

「什麼學校？」

「我和我女朋友約定在學校前面的兒童遊樂場碰面。」

「我想，你是要去騰本霍夫區吧。那你為什麼要查看格魯瓦爾德區呢？」

因為那一頁在這本跨頁地圖上很少見，它上面沒有很多讓人不安的標誌，完全只看得到樹木的新綠色，雖然我剛剛才想到，那可能標示的是牧場，而且那裡畫出來的道路大部分都沒有讓人暈頭轉向的名字，而另一邊還有美麗的藍色哈維爾河流過。我把地圖舉到基辛林的面前。

「你能幫我找一下嗎？我不認得路。」我不情願的承認。

「因為你智障的關係嗎？」

他怎麼可以講話這麼隨便，而且還揶揄的笑我！為了保持鎮靜，我必須咬緊牙關。假如我現在向基辛林發脾氣，他就不會帶我去騰本霍夫區了。當有些人只是因為你的動作比他們慢一點就認為你精神不正常時，真是讓人心情煩躁。此時我的大腦就好像在嘗試不用方向盤駕駛一輛車。當然，我也不會抱怨別人思考得比較快，或是抱怨某些人創造得出各種可能的方向，包括左右；或是為了烤一塊普普通通的小麵包，可以讓烤箱變化出二十七種不同的烘培模式。

「我不是有意弱智的，而且我只有一點點。」我指著地圖生氣的說：「我只是有時候不知道怎樣區別類似前後的方向。」

「啊哈，真的嗎？」基辛林說：「那好吧，歡迎來到這個世界。」

「其實沒那麼糟糕，對吧？」

「我什麼也沒說。」

「可是，我的記憶力絕對是很獨特的！」

「嗨，好了啦！」他舉起兩隻手，好像我拿著槍在威脅他。「如果因為我想親近你而得罪了你，抱歉囉。好了，那所學校究竟叫什麼名字？」

我靠回座椅裡。「我忘了。」

他不耐煩的嘆著氣。「聽好了，小傢伙，這樣是不行的！天知道在騰本霍夫區有多少間小學，我不可能全都帶你跑一趟。」

我只能驚訝的看著他。他翻了翻白眼。

「那好吧，聽好啦，我會把你直接帶到一所路邊的學校，我讓你在那裡下車，之後你就必須考慮自己怎樣找到路，我不能為了你而上班遲到。」

我想張嘴回話。

「沒得商量！」他把鑰匙插入點火鎖，含糊不清的咕噥著。「星期一已經給我夠多壓力了，因為那天下午我請了假。」

「為什麼呢？」我好奇的問。星期一正是我看到他和比勒、馬拉克在樓梯間裡相撞的那一天。

「那不關小男孩的事。」

「為什麼？」

「因為那是大男孩的事。」

根本就不是這樣！他千萬別以為我從來沒見過兩個男人抱在一起狂吻之類的事。我感覺很受傷，把自己更深的埋在座椅裡。「我們要出發了嗎？」

「就等你扣好安全帶囉，老闆。」基辛林推了推眼前的太陽眼鏡，轉了啟動器。「而且你要答應我，一路上千萬要閉上你的嘴！」

真是太幸運了，基辛林讓我下車的那所學校，正是我要找的那所，否則，誰知道事情會怎麼發展。我立刻就認出了那棟建築物，紅色的磚牆，塗著顏色的窗戶，我甚至還發現了遊樂場上的搖搖馬。

在我身後，基辛林大聲踩著油門，輪子發出尖銳刺耳的聲音，就這麼開走了。我目送了他一會兒，坐保時捷真是棒極了！感覺根本不像是在開車，而是在地面上漂浮。引擎就像一隻心滿意足的貓，發出呼嚕呼嚕的聲音，而基辛林幾乎都不需要轉動方向盤。好啦，其實原因是一開始我們有一段時間一直往前開，只拐了一次彎，然後又一直繼續往前開。儘管如此，感覺還是很酷。每次等紅燈時，基辛林都不耐煩的踩著油門踏板，引擎就會發出轟鳴聲，所有的人都在看我們。太正點了！

只有最後才變得困難一點點。這裡稍微拐進一條街，那裡進入下一條街，又過了幾個路口和幾個紅綠燈，而在這期間，我腦袋裡的賓果小球一直啪噠啪噠的發出同一個聲音：**你絕對找不到回家的路，你絕對找不到回家的路……**

咱們等著瞧吧！

我環顧四周，這個學校環繞著綠色灌木叢，前面的兒童遊樂場空空盪盪，早上九點半，幾乎沒有人到這裡來玩，但對我來說這沒什麼壞處，反而是我期待的。我在這裡停留得愈久，愈有可能碰到可以繼續幫助我的人，一個同樣在這裡上學的孩子，而且他認識那個被綁架過的有名女孩——蘇菲。

我在周圍稍微轉了一下。鞦韆座椅泛著溼淋淋的水光，沙坑裡的沙子是深灰色、溼溼的，攀緣架的橫桿上到處掛著小水珠。不遠的地方，在通往學校建築的路上有一張長椅，兩個男孩子靠在椅背上坐著，其中一個剪著短短的金色平頭，大概和奧斯卡差不多高；另一個的棕色頭髮亂七八糟，塊頭很大，身高和我差不多，正在激動的勸說金色平頭。如果他習慣和比他小的孩子在一起，那麼假如他不喜歡我，也保證不會痛打我。

我慢慢的走向那兩個人。那個大個子正忙著講話，當我離他們只有兩公尺遠，他才注意到我，因為小個子一直面無表情的觀察我，並沒引起大個子的注意。

「什麼事？」當我在他們面前站定的時候，大個子說。他看上去不凶，也不友善，應該說是有點心煩氣躁，因為我的出現分散了他的注意力。

「你們對這裡熟嗎？」我問他。

「怎樣？」

「我要找一個住在附近的人。」

這只是一種猜測，但是大部分孩子都住得離他們的學校不遠。說不定蘇菲正坐在自己房間裡整理她的彩色T恤，就在距離這裡不遠的一個社區。

大個子沒有回答。

「她叫蘇菲，在這裡上學，」我繼續說下去：「我不知道她姓什麼。她就是那個被綁匪綁架的女生。」

他只點了點頭，一副好像每天都有人向他詢問蘇菲的事。「假如我知道她住在哪裡呢？」

「那你可以告訴我。」

「你都還沒有自我介紹呢。」

「我叫里克。」

「菲利克斯。」

「不是，我叫里克。」他聽力有問題嗎？

「我叫菲利克斯！好吧，你想知道有關蘇菲的什麼事？」

「她是我的朋友。」

「那你還不知道她姓什麼，也不知道她住在哪裡？」他哈哈大笑。「奇怪的女朋友，奇怪的男朋友。」

「地址之類的東西我記不住。我是個弱智。」

菲利克斯瞇起眼睛，他沒明白我的話。大概只過了一秒鐘，還是我自己打破了僵局，說出那個讓我痛恨的另一種表達法。「殘障，但是只有腦袋，而且只是有時候而已。」我快速的補充。

那個金色平頭始終盯著我看，一聲都不吭，說不定連呼吸都沒有。他有一雙明亮如水的淡藍色眼睛，看上去彷彿甲蟲都可以在裡面游泳似的。我覺得他有點讓人毛骨悚然。

「好吧，就假設你真的有點輕微痴呆吧，」菲利克斯說：「那麼為什麼我要告訴你怎麼去找蘇菲呢？」

「你真的知道她住在哪裡嗎？」

「我和她哥哥同班。他完全是個大傻瓜。」他想了一下又說：「也許是因為必須和妹妹住在同一個房間，自然就會讓人變成大傻瓜吧。我簡直快被他搞瘋了，但說不定托比亞斯也有點智障。」

「誰是托比亞斯？」

「蘇菲的哥哥啊，你腦殘啊！」

真是令人氣憤！剛才是基辛林，現在還有個菲利克斯！為了取得進展，同一天早上我得把我的火氣壓下去兩次。假如我能再見到奧斯卡，他欠我的就不是只有在護城河邊散步和吃冰淇淋了，這是肯定的。

「你要是早到五分鐘的話，就能碰到托比亞斯，他媽媽叫他去買東西了。」他咯咯的輕聲笑著，手指著我身後說：「去那邊的超市。」

「我只是想問蘇菲幾個問題。」我說。

「什麼問題？」

如果我不告訴他，他肯定不會告訴我怎麼到蘇菲那裡去。雖然這個想法他沒有說出來，但是我能從他的臉上讀出來。

我深吸一口氣。「昨天被綁架的那個男孩……」

「跟他有什麼關係？」

「蘇菲認識他。而我想，我要問她……」

「是不是她把他推薦給兩千元先生的？大個兒，你就是為這件事來的吧！」菲利克斯因為他這愚蠢的想法而興奮得大笑，然後他又回歸嚴肅。「你想聽她說什麼？是她沒有告訴過警察的一些資訊嗎？」

「大概就是這一類的事。」我小聲說。

「因為她信任小孩勝過信任大人，是不是？」

我點點頭。這就是我的想法，而奧斯卡一定也有過同樣的想法。

「那好吧。」

菲利克斯突然從長椅上一躍而下，金色平頭也照著做。

「喂，你知道你要挑釁的是誰嗎？」我們離開遊樂場的時候，菲利克斯跟我說：「是兩千元先生本人，有史以來最狡猾的綁匪！如果他抓到你，他會先把你的耳朵割下來。」

「誰說的？」

「我說的。他們總是先割耳朵。」

這我倒不知道耶。

「然後是一隻手！如果他還拿不到錢的話，就會把那隻手的胳臂也剁下來。另一隻手臂他會先留著，這樣你才能寫求救信給你的父母，明白嗎？所以，下一步他會剁你的腿。」

「你不覺得這樣太誇張了嗎？」

他搖搖頭，於是那頭棕色頭髮變得更亂了。「將來我想成為作家，作家總是很誇張，這點你不知道嗎？」

「我只看漫畫。」

「那也夠誇張的。」

要緊跟著他有些困難，他跨出的腳步十分巨大。「那你已經寫過什麼了嗎？」

「有一些。」

「寫得怎麼樣？」

「你得問思凡。」

「思凡是誰？」

「嘿，還能有誰啊？」

在他旁邊的金髮平頭依然一聲不吭。菲利克斯每走一步，他就必須跨兩步才能跟上，但是他仍小跑步跟在他的後面，好像有一條看不見的繩索把他們兩個緊緊拴在一起。

「我正在告訴他我的新想法，」菲利克斯說：「如果他覺得故事不錯，我就把它寫下來，否則就不寫了。」

我剛才很可能打擾了他們，他正在向思凡講述他最新的故事。我舉起一隻手，向金髮平頭打招呼。「你好，思凡。」

沒人理我，思凡看都沒看我一下。

「他聽不見你講話，」菲利克斯說：「他也不會跟你講話，他是聾啞人。」

「現在不說聾啞，叫作聽障。」這是我從啟智學校學到的。

「叫什麼我都無所謂啦。」菲利克斯走得愈來愈快，目光直視前方。「最重要的是，有人聽我講話。」

蘇菲住的那棟高樓，被好幾棟看起來長得一樣的高樓環繞著。那裡沒有陽台，漆成棕色的外牆平坦，窗戶的木框曾經是白色的。

在菲利克斯拖著思凡繼續往前走且不知道要到哪裡去之前，他告訴了我要按誰家的門鈴。我目送這兩個人走遠。向一個聽不見的人講述他的故事，是多麼的瘋狂啊？而聽不到對方的聲音還是專心聽著，又是多麼的瘋狂呢？然而，菲利克斯和思凡都沒有因此覺得不好意思，他們非比尋常的友情使他們不會覺得難堪。對他們來說，這是世界上再平凡不過的事。這讓我馬上感覺好多了。

可惜好景不長。

蘇菲的媽媽幫我開門時，一股憂鬱的氣氛立刻迎面向我撲來，甚至連聞起來都是那種味道。蘇菲的媽媽看起來不像是個會關心自己小孩和哪些孩子一起上學的媽媽，就這一點來說，我是多麼幸運啊。她穿著一件邋遢的晨袍，我還沒開口說話，她就已經招手讓我進屋。

「早安。我是托比亞斯的朋友……」

「他去買東西了。」在陰森的走廊裡，我站在她的面前。她一隻手指向我的身後，另一隻手夾著一支冒著煙的香菸。「一會兒就回來，你可以到他的房間等他。」我好奇的觀察她的手指甲。它們被塗成粉紅色，但是有些地方已經掉色了，上面沒有貼任何東西。我媽媽從來不會帶著這種保養不好的指甲就出門，而且刷完牙後，她緊接著還會精心的梳理頭髮。

蘇菲的媽媽拖著腳步回到客廳。透過打開的門，我看到一臺平面電視，比大鈴阿姨家的還大。那一定是新的，因為它是這間公寓裡唯一閃著亮光的東西。還在門外樓梯間的時候，我就已經聽到它的聲音了；這時在房子裡，它的聲音大得讓人感到煩躁。兩個鄰居在一個談話性節目中彼此破口大罵，因為其中一人喝醉了，在另一人的花園折扣上尿尿，因此花壇折扣的花都枯死了。

折扣❻：買東西時可以得到的一筆優惠。買得愈多，累積到的優惠也愈多，多出來的錢就可以用來買自己想要的東西。不清楚為什麼有人會在折扣上尿尿，也不知道為什麼要把折扣插在花園裡。

❻「折扣」一詞的德文Rabatt，和「花壇邊緣」的複數是同一個字。

走廊的最裡面還有兩個房間，其中一間的房門上貼著各式各樣的圖畫以及一張芭比娃娃的海報。我輕輕敲了敲門，走進去。假如蘇菲不在的話，我就可以立刻偷偷溜走。

房間裡的混亂我從來沒見過，玩具、衣服、漫畫、文具、CD和電腦遊戲光碟的封套散落在地板上，到處都是。空的和半空的汽水瓶和用過的盤子和杯子或站或躺，隨處可見。一個小孩需要好幾天的時間才能從這麼多垃圾中，為自己開闢一條通往外面走廊的路，而且所有東西上都蒙著一層令人悲哀的灰色面紗，好像五十年前這裡曾發生過吸塵袋爆炸的悲劇。

蘇菲的上半身從混亂中凸顯出來，像是一座難逃下沉命運的小島。她就那樣站在那裡，在房間的中央，好像她早就在等待著什麼人，或是彷彿正站著準備參加睡覺比賽。

「嗨，你好！」我說。

她皺著淡淡無色的細細眉毛。她的目光那麼無神，好像她的眼睛試圖在這間灰暗的房間裡不要再引人注意。她的身後立著一張雙層床，每天晚上翻過這座垃圾山，爬上床，一定讓她相當疲累吧。我的時間不多，托比亞斯隨時可能買完東西回來。我從褲子口袋裡掏出那架紅色小飛機，突然間，蘇菲的眼神變得明亮起來。

「這是我從奧斯卡那裡拿到的，而他是從你這裡得到的。」

她盯著小飛機，眼裡滿是淚水。

「他處在極大的危險中……你應該知道吧？」

有那麼一刻，我害怕她會對奧斯卡被綁架的事毫無所知，但是接下來她點了點頭。其實也沒什麼好奇怪的，畢竟在這裡，電視一定一天到晚都開著，談話節目裡那對吵鬧不休的鄰居叫罵聲在小孩房間裡都聽得到。

「你跟奧斯卡說了些什麼，對不對？」我慎重的說：「是一些你沒有告訴警察的事，因為綁匪威脅你還會發生更糟的事。我說的對嗎？」

終於，她開口了。聲音是那麼的細弱，就像一隻剛剛從巢穴裡溜走卻還不敢飛行的小鳥。

「那個叮噹人說，如果我告發他，他就把亞內克帶走，還會把牠弄死。」

我一頭霧水的看著她。「亞內克？」

她指著黏糊糊的書桌，上面堆滿了東西，幾乎連一張購物清單都沒辦法在那裡寫。一臺電視端坐在電腦螢幕旁，在一個油膩膩、皺巴巴的麥當勞紙盒後面有個圓呼呼的玻璃金魚缸，有隻什麼腐爛的東西在裡面划來划去。

「牠生病了，牠的鰭上長了東西。」

所以，你看吧，難道這還不是世界上最可悲的事嗎？兩千元先生問過蘇菲最愛的是誰，好以此來勒索她，而蘇菲告訴他的名字不是她的父母，也不是她哥哥，而是那隻生病的金魚！

我注視著那個圓圓的魚缸，亞內克也回瞪我。牠擺動著兩隻無色、顯然撕破了的胸鰭，讓我感到很不舒服。很有可能是潛伏在這個房間裡那些垃圾山下面的細菌造成了這種疾病，而且極有可能那些細菌會跳、會飛。我試著盡可能小心的呼吸，把精神再次集中在蘇菲身上。

「你為什麼叫綁匪『叮噹人』？」

她慢慢的搖晃，固定不動的只有頭部。

「你可以放心的告訴我，我不會告訴別人的。」

「奧斯卡也是這麼說的！」她冷不防的大聲叫了出來。「可是現在，他被關在那個綠色的屋子裡！」

「什麼樣的綠色屋子？」

沒有回答。

「蘇菲，奧斯卡是我的朋友，」我急迫的說：「我想要幫他，但是只有你幫助我，我才能幫他！」

她的眼中閃過一道拒絕的光芒。

小手握成了拳頭。

薄薄的嘴唇變成兩條細細的線。

沒辦法了。我把紅色玩具小飛機遞給她，她猶豫著接過去，好像從來沒收過貴重的禮物一樣。她伸出一根笨拙的手指撫摸著斷掉的機翼。

「他說，他喜歡我。」她輕聲說。

「的確如此。他一直帶著這個小飛機。但有可能是在他被綁架的時候，他把它弄丟了。」

她抬頭望著我，眼光依舊很固執。「我很值錢。」她說。

「是啊，我知道。」

「媽媽接受採訪後真的有拿到錢。」

我點點頭。那臺新的電視。它的隆隆聲伴隨著我離開這間憂鬱就住在其中的悲傷房子，一直到樓梯間。

又來到外面了，我被迫鼓起勇氣。四面的高樓一棟緊鄰著一棟，顯得愈來愈密集，而且都朝我壓過來。灰暗的白色窗戶就像幾千隻眼睛呆呆的盯著我看。我匆忙的從背包裡把地圖掏出來、打開，看了一眼，又馬上把它合起來。我猜，一定有人在看地圖的時候覺得自己的精神快錯亂了。

沒有用，我必須找到其他幫助。如果我找得到一個地鐵站，不管怎樣就可以繼續前進了。我只需要坐上某條路線到科特布斯門，剩下的就簡單了。因為從多樂姆烤肉屋（我常在那裡買沙威馬之類的東西充飢），就能清楚的看到科特布斯門地鐵站的入口，從那裡走回家就跟從家走到那裡是一樣的。

馬路的另一邊有一家書報攤，我可以去那裡問路。看得見的範圍之內都看不到行人紅綠燈，但是這個時候也幾乎沒什麼車輛。我聽奧斯卡說過，德國每年有將近四萬個兒童遭遇不幸，其中百分之二十五是在走路的時候。

所以我猜想，傷亡的人一定有上百個這麼多吧。為了保險起見，我伸出一隻手臂，手像箭頭一樣指向前方，然後閉起眼睛快跑，橫穿過馬路。

沒有煞車的刺耳聲音，沒有人按喇叭，一切都很順利。

少了一個犧牲者。

書報攤前面擺設著幾個放報紙的架子，斗大的標題全都宣告著奧斯卡的綁架案。登在柏林地方報上的地圖，和我昨天晚上在電視裡看到的一模一樣，上面有六個紅點，註明每次綁架案的發生地點。下面的標題是：**令人恐懼的模式！**而稍微小一點的字寫著：驚慌失措的父母——您的孩子會是下一個嗎？

賣報的女人不是沒有看報紙，就是對沒有父母陪伴在附近隨便走來走去的小孩完全無感。但無論如何，當我問她到最近的地鐵站該怎麼走時，她還是短暫且毫不驚訝的瞄了我一眼。

她的回答我記不住，有太多的這裡左轉、那裡右轉、往前繼續左轉等等，搞得我暈頭轉向，不過我還是友善的向她道謝。我只能筆直的往前走，但那不是賣報女人的錯。

所以，我又回到馬路上。我只好拖著腳步一直往前走，總有個公車站或類似的地方吧，也許我還能碰巧找到某個地鐵站。

然後我看到了計程車停靠站，心裡馬上輕鬆了下來，向著那裡小跑步過去。我這輩子從來沒搭過計程車，也不知道媽媽留下的二十歐元夠不夠支付從騰本霍夫到帝福街的車資，但可以確定的是，錢好好的在我身上。無論如何，媽媽會再次見到我，也不用因為我迷路而必須到阿爾卑斯山或太平洋去接我。

我爬上等在車隊最前面那輛計程車的後座，隨手把門關上。司機的脖子上有一條油膩膩的皺摺，他向我轉過身來。

「這是怎麼回事？」他對我咆哮。

「什麼怎麼回事？」

「你這個小矮人一個人在街上幹什麼？你的父母呢？」

慢慢的，我感覺到極度疲勞。

「我要回家，但是我找不到路，」我說：「而且在你問為什麼以前，我必須先說：我是個弱智！」

「哈，是這樣嗎？在這種時候，你們這些調皮搗蛋的孩子都是這樣！」

我沒有興趣反駁他，我只想回家坐到思考椅上。叮噹人還有那綠色的屋子……太好了，對任何一個線索我都沒有概念！一想到我找到了蘇菲卻完全是白費力氣，那種失落感真的很巨大，因此淚水從我的眼中流了下來。然而計程車司機沒有顯出一點同情心，他還一直在打量我。我試圖用奧斯卡的辦法瞪回去，但是沒有用。

「我再問你一次：你的父母在哪裡？」

如果我不給他一個讓他滿意的回答，這傢伙是不會開車的。唉呀，為什麼所有事都讓我這麼心煩呢？他一定很熟悉這個城市，而且不知道該怎樣鼓勵一個辨識方向有問題、唯一的朋友還在眼皮底下被綁走的人。

「我剛才在一個女同學家裡，」我終於說：「我媽媽打電話來。我爸爸死了，我要馬上回家。我要搭計程車回去。」

這真是個超級厚顏無恥的應付人的謊言，但是有用。接著我放聲大哭，而計程車司機的臉因哀悼而癟了下去。他轉過身，發動車，開走了。他讓我在帝福街的家門口下車之前，完全沒有再說一句話，而當他收下十三點四歐元的車資時，看起來好像做了一件多麼良心不安的事。

9

還是星期三 可怕的陰影

悲傷會吸掉一個人身上所有的力量，讓人兩腿發軟。直到中午，我都還坐在電腦前寫我的日記。

現在我坐在思考椅上望著窗外，想著菲利克斯，那個沒有真正聽眾的說故事的人，想著一聲不吭的思凡和他那雙可以當甲蟲浴缸的眼睛，還想著被那麼多憂鬱包圍著的蘇菲。我想到現在不知道被關在哪裡的奧斯卡，無論他多麼聰明，一定感到非常害怕。然後我想到我自己，就是因為我的弱智，我只能在這裡坐著，不知道下一步該怎麼辦。比我聰明的人，一定能讓蘇菲說出更多的訊息。

沮喪：憂鬱的心情。在談論大鈴阿姨的時候，媽媽曾提過這個詞。沮喪就好像你所有的感覺都坐在輪椅上，你沒有手，正好也沒有人能幫你推輪椅，說不定輪胎還癟掉了，讓人感到十分疲憊。

我爬進自己的房間，躺在床上，不時透過窗戶瞥一眼後街房子那面龜裂的外牆，那裡的白天看起來沒有晚上和夜裡陰影出現時那麼可怕。其實我心裡想，我應該為自己感到開心和驕傲，因為我敢獨自到騰本霍夫區，而且還能活著回來。但是每天有成千上萬的人在做這件事，像我這樣只因為傻到不能分辨左右就害怕會迷路，是不正常的。

昨天晚上我睡得不好，也睡得很少，我的眼睛不自覺閉了起來。也不知道什麼時候我突然驚醒，因為覺得好像聽到電話在響，但是屋子裡靜悄悄的。在昨天下了一整天的雨和今天上午的烏雲密布後，這時候太陽終於又露出了笑臉。外面一定炙熱難耐吧。我又重新打起瞌睡了。

在夢中，奧斯卡站在我面前的布拉維茨克家的頂樓花園上。他越過欄杆看著下面的後院，同時還扭動著他的身軀，這使他通過了勇氣測驗。現在他看著我，而我無論如何都想知道他是不是我的朋友。我聽到自己提出一個測試問題，問他明天還會不會來。我看到奧斯卡搔著他的手臂，玩弄著他的別針小飛機，用他的大牙齒咬著下唇，然後說：「明天我原本已經有安排。可能要花一整天的時間。」

我冷不防的清醒過來，好像有人打了我的頭，只是不痛。有些事和夢裡不太一樣，或者說有些事和我印象中的不太一樣。我幾乎就要抓到它了，但它總是又離我遠去……

保持冷靜，里克，不要激動！我閉上眼睛，再一次回顧那些畫面。陽光照著布拉維茨克家的頂樓花園。奧斯卡站在靠後院的欄杆旁晃啊晃著。他搔了搔手臂。他拉扯著小飛機，就是我第二天在垃圾箱裡找到的那架，那架紅色的小飛機，正是那架小飛機……

（到目前為止，我一直認為，那是從他襯衫上掉下來，剛好落在後院的地上，就在奧斯卡在欄杆邊晃動的時候！）

我從床上一躍而起，速度快到令自己有些暈眩。我的印象不對，奧斯卡離開布拉維茨克家頂樓花園欄杆的時候，身上還別著蘇菲的小飛機啊！只是，這意味著什麼呢……？

「他又來過這裡。」我小聲的說。

但是在什麼時候？星期一分手的時候，我明明從客聽的窗戶看著奧斯卡走出這棟公寓。我還開玩笑的在腦子裡數著，他從樓梯間到外面的街上會走多少步，因為我想知道我們倆的走路速度是不是一樣。奧斯卡走得比我數得快。所以，星期一他絕對不可能搜查後院，因為假如他晚一點又回來一次，而且按的是別人家的門鈴……完全讓人難以置信。而星期二，昨天上午，他已經被綁架了，說不定就在他來找我的路上。

而這只可能再次意味著……

這只可能意味著……

我沒辦法想像，這可能、應該或是必然意味著什麼。當我激動的時候，我總是能感覺到自己的心跳，同時覺得有上千隻幽靈鳥在我腦袋裡拍著翅膀。我的兩隻手像螺旋夾鉗一樣緊緊抱住我的頭，我絕望的瞪視著窗外的後街房屋。我一定是睡著了，外面的天色已經昏暗下來。我的胃因為太餓而發出咕嚕咕嚕的叫聲，像隻鬥牛犬一樣，我差一點就要在同一天裡第二次嚎啕大哭了。

但是我不想哭，我必須要和什麼人談談。有時候，和別人談談令人混亂的事，之後可能就會覺得沒有那麼混亂了。

而我清楚的知道，我可以去找誰。

「我還在想，你是不是還記得我的邀請，今天下午你真的來了呢。」比勒說：「我們雖然約好了，但是……」

我沒有忘記。我是多麼的懷念那種流遍我全身的溫暖感覺，就在我要告訴他我死去爸爸的故事時，當時比勒是怎樣注視著我，而他那好像由冬天和冰所搭建的冰冷客廳在我周圍又是怎樣的融化開來。我就像漂浮在廣闊大海洶湧波濤中的小船，而比勒就是我安全的港灣。

「……但是我的感覺是，你好像突然對你自己的 courage 有些心慌。」

「什麼是 courage？」

「勇氣。」

我只能點點頭。雖然現在我學會了一個新的英文單字，但是仍然不知道比勒是怎麼開始說這句話的。如果我跟他坦白，很有可能他立刻就會覺得我很討厭，而重要的是，此刻，這是世界上最重要的事！我要給他留下一個好印象。比勒應該會幫助我找到奧斯卡。

我坐在他白色客廳的白色沙發上。為了謹慎起見，我沒有抬頭望向美麗的天花板，這樣才不會被水族箱之類的東西搞得暈頭轉向。

我面前的桌上放著一瓶可樂。我還考慮過要不要向他要一些小馬芬堡，不過他可能會覺得這樣不禮貌。他就那樣帶著下巴上的酷傷疤站在那裡，露出演員般的微笑面孔，上下打量著我。

「你媽媽有打電話給你嗎？」他說。

「我猜她打過。不知道什麼時候電話有響過，可是我當時正在睡覺。」

我謹慎的喝了一口可樂。喝可樂要小心，我曾聽說，喝太多可樂會讓人身上的胃出現破洞，然後可樂就會流遍全身，流得到處都是。而如果你正站在超市的乳酪櫃檯前，棕色的東西就會突然從你的鼻子裡冒出來。

「你沒有手機嗎？」比勒說。

「沒有，太貴了。」老實說，除了媽媽，我也不知道要打電話給誰。當然可以隨便撥一些奇怪的號碼，然後從電話的那一頭得知一份法國食譜、巴西樂透號碼，或是俄羅斯某條河流的水位高度，但是誰會想知道那些呢？那只會花錢，媽媽總是這麼說。

比勒的手機好像聽了他的話，突然叮噹叮噹的響起來，就像上一次我拜訪他的時候一樣。

比勒緊張的翻了翻白眼。「似乎命中注定，」他咕噥著說：「總是在我們想要聊天的時候……」

他從褲子口袋裡掏出手機，瞄了一眼，而突然間他看起來，好像此刻更想和打電話的人講話。

「你先去接電話吧。」我寬宏大量的說。只要他打完電話後，不要又匆忙的衝出公寓……

比勒的嘴唇動了動，好像在說對不起，而下一刻他就從客廳裡消失了。

我把可樂放在桌上，四處張望。沒有任何變化，所有的東西看起來都和昨天一樣。甚至連那個空玻璃杯也還紋風不動站在報紙上，和昨天的位置沒兩樣，正好就在護腳美容師莘蒂胸部那塊此時已經乾了的水漬上。我皺起鼻子，拿起玻璃杯，把它推得稍遠一點。哼，不該這樣！比勒一定要習慣整潔一點兒，髒亂只會帶給人完全的混亂，特別是還和一個赤裸的胸部攪和在一起。

我把報紙拿起來，想把它們摺疊起來時，下面露出一份打開的柏林小地圖。旁邊放著一支彩色筆。地圖上幾個大點被標註成紅色，和今天登載在柏林地方報紙上的圖片一模一樣。

六個紅色的圈圈。

六次綁架案。

我驚恐的呆望著那些紅色小圓圈。是有一種說法啦，有的人沒辦法算出二加二等於幾，可能現在霉運要輪到我頭上了。但是，假如我每次都算錯，卻總是只能得出四，難道是我瘋了嗎？

無論如何，幾乎就是這樣。

在我的周圍，冬天在房間裡蔓延。我覺得好冷，好像有人把我的心變成了一個巨大的冰塊。

奧斯卡的綁架案在昨天晚上的新聞特別報導裡才公布，而躺在我面前的這份地圖上的六個紅圈圈，在昨天下午我拜訪比勒的時候就已經被畫出來了。比勒知道奧斯卡的綁架案，比世界上其他人要早好幾個小時！而且還有……

叮噹人說，如果我告發他……

比勒手機的叮噹聲，我剛剛才又聽到，那個老鼠在鋼琴琴鍵上奔跑的聲音。冷，愈來愈冷，徹骨的冷。

我盡可能小心的從沙發上站起來，但我確信還是聽到了喀啦一聲，就像屋簷上的冰柱破裂了似的。

我躡手躡腳的走到客廳門口，探頭往走廊裡張望。從廚房傳來比勒壓低喉嚨講話的聲音，而我所聽到的，讓我胳膊上的汗毛都向上豎了起來。

「……讓所有人都知道你悲慘的故事，好打動銀行借你一筆無息貸款，然後才能湊齊兩千歐元！你有沒有搞錯？這樣你會把我帶到一種什麼樣的境地！對不起，孩子的性命現在可是一文不值……」

下一秒鐘我已站在外面的走廊上，再下一秒鐘我想到，我還沒有把報紙放回地圖上面。我急忙轉過身，可是太晚了。隨著一聲驚雷般的巨響：「砰！」比勒家的大門關上了。

然後還聽到另一個聲音。

在門後，比勒大喊著：「里克？里克！」

我飛也似的跑開。

偵探片裡，人們在被跟蹤的時候幾乎總會做錯的事就是，他們在逃亡時偏偏會跑向那個最危險的地方。

在比勒需要查出我在他家客廳發現了什麼的這段時間裡，我沒有往下跑回自己的家，因為在那裡很快就會被那個虛偽的綁匪找到。相反的，我必須趕快、盡可能快速且無聲的往上再爬一層。布拉維茨克家的鑰匙我一直放在身上的褲子口袋，這樣我才不會找不到它。現在我就用它讓自己進入公寓頂樓，把身後的門關上，只留下一條小小的縫隙靜靜的聽著。

時間剛好。樓梯間裡傳來開門的聲響，然後是比勒的聲音：「里克？」

我聽得到，他的腳步是怎麼把他快速的帶往樓下，也就是三樓。之後他又是怎麼按我家的門鈴，接著他先輕輕的敲著門，然後是重重的捶。

「里克？」

有一陣子，一點聲音都沒有。他在思考。他最容易想到的一點就是，我一定衝到大樓外面去了，誰知道去了哪裡，也許是到最近的警察局去揭發他。終於又有腳步聲了，是上樓的聲音。我屏住呼吸。我的樓下沒聲音了。我盡可能靜悄悄的關上門，背靠在上面。等待著，思考著。

等待很簡單，只是，我現在該做什麼呢？我不敢下去。比勒很可能正傾聽著這棟大樓裡的任何動靜，在五樓就把我攔截住。如果我從窗戶向外面大喊求救，誰還能比他更快的到我上面這裡來呢？他看上去就和那種能夠輕易砸開一扇大門的人一樣強壯。

好，下一種可能：在我正下方公寓裡，費茲克如鬼魅般走來走去，保證在家，保證對噪音超敏感，即使我只是正常的在地板上走動，但絕對能保證他會冷笑著把我轉交給比勒！而且他很可能只會要求我的腦袋瓜作為報酬，因為他收集小孩子的頭，在他那間臭氣熏天的房間裡把它們當足球來踢，而在他的收集裡，就只差一個弱智的腦袋了。

再上去也不可能，只有頂樓花園。從那裡當然可以踩著鄰舍大樓的屋頂逃跑，但前提是不能出任何差錯，不能掉下去。否則我在下墜的過程中，可能只有足夠的時間向大鈴阿姨快速的打聲招呼，感謝她幫我做過的小馬芬堡，也就只能這樣了。

然後就是「啪嗒」一聲！

而假如我鑽過隔牆到馬拉克那邊的屋頂花園，又會怎麼樣呢？希望他的平臺門是開著的，畢竟外面實在熱得很。可是然後呢？馬拉克現在百分之百在他女朋友那裡，拿要換洗的衣物給她，很可能還會休息一下抱著她狂吻。那我就不是被堵在布拉維茨克家，而是被堵在馬拉克那裡了。如果馬拉克回來了，他是不會相信我的，我知道，他和基辛林或費茲克一樣不喜歡我。

突然間，我有一種可怕的感覺，所有人之所以對我比較友善，只是因為他們把我看成是個智障的人。實際上他們心裡都覺得我很煩，當然囉，沒有人會把這些說給一個蠢蛋聽，以免他嚎啕大哭。我的行為肯定會讓馬拉克笑破肚皮，而更糟的是，他極有可能還是要把我拖到比勒那裡去，只是為了男人之間的小玩笑。比勒會等到馬拉克走了以後，才把我切成一條一條的，裝在袋子裡送還給媽媽，同時還把裝著奧斯卡的袋子寄給奧斯卡的爸爸。

很多時候，人們在最後關頭才會想到最簡單的辦法。我的目光順著布拉維茨克家的走廊，落在他們的電話上。這不僅是個解決方法，這可是救命之道啊！我總算運氣好，電話不是放在上鎖的臥室裡，多疑的布拉維茨克家也不擔心我會打給一個出現在夜間電視上的大胸脯女人而把電話藏起來，因為那可是嚇死人的貴。

我走向電話，拿起聽筒，呆呆的看著。媽媽的手機號碼我記不太清楚，那麼多的數字我根本記不住。所以有一次媽媽幫我把那個號碼抄了兩份，一張擺在走廊裡我們自己的電話旁邊，就在那面胖臉天使的鏡子旁；另一張我曾放在衣服的口袋裡，後來當然就丟了。從那時起，我下過上千次的決心，要把號碼重新抄寫一遍，可是又忘了上千次。

現在的我真是自食惡果啊。

然後我咧嘴笑了，有一個電話號碼我一直牢記著。它只有三個數字，連白痴都記得住。媽媽曾經連續好幾個星期，要我在吃早餐的時候背誦它：「在緊急情況下，而你又連絡不上我的時候，你要打給誰？」

我深深的吸了口氣，按下了一個一，再一個一，最後是個零，然後專心的聽著聽筒。感覺過了相當長的一段時間才有人接電話。假如比勒拿著刀子從我後面走過來，我想，這段時間至少夠讓他割下我的鼻子和兩個耳朵。而就在我幾乎想要重撥的時候，終於……

「一一〇報案臺您好，」一個男人在我右耳發出刺耳的聲音，「我能為您做什麼嗎？」

對我來說，一切發生得太快了，我根本就沒有想到要說什麼。此時我的腦袋突然變得很混亂，就在我幾乎要真的精神錯亂之前。

「你好？」我膽怯的說。

「請說話！」

「我……我的名字是弗瑞德里克．多瑞提，」我結結巴巴的說：「我是個弱智的兒童。因此，譬如說，我只能一直往前走，而我想告發一個綁匪。喂？」

「年輕人，仔細聽好……」

「是兩千元先生！」我大聲的吼出來。「那個超市綁匪，他綁架了奧斯卡，就是沒戴安全帽的那個小孩！我知道他住在哪裡！拜託，你一定要相信我！」

電話另一端傳來輕輕的口哨聲，好像有人正在放慢速度的呼氣，好使自己不要失去耐心。我想，每天一定有（天知道會有多少）人打電話給他，自稱要報告兩千元先生的事，但其實都只是在開玩笑。就是因為那些搗蛋的傢伙，我現在很可能要遭殃了！

「真的嗎？」那個男人終於說了。「他躲在哪裡，年輕人？」

「兩千元先生住在克洛伊堡區帝福街九十三號。」我盡量放慢速度，盡可能清楚的說出來，心中十分自豪。「在五樓，臨街的房子，靠左或是靠右。他叫作比勒。也就是說，他原本叫東……不對，是西比勒。西蒙．西比勒！」

我用力深呼吸。電話另一端出現一陣短暫的停頓，好像他們也被方向搞混了。然後那個聲音憤怒的尖叫著：「現在你聽好了，小傢伙！我的Display能看到你的電話號碼！如果你再打電話來騷擾辦案……」

Display（顯示器）：一種會亮的東西，幾乎什麼都能顯示，譬如電話號碼，超市收銀機上的價格，或是DVD放映機裡的電影名稱。這是一個奇怪的英文單字，我真的不知道為什麼大家都要用它。只要說顯示器不就好了嗎？

你看吧！我快速的放下聽筒，不讓那個男人把話講完。其實我早該想到會發生這種狀況，不過現在至少沒有人可以再埋怨我，說我沒有努力想辦法了。而且事實上，這也幫不了我什麼。

保持冷靜，里克！

稍微集中一下精神、有條不紊的思考，應該不是很難的事。既然我現在只能呆坐在布拉維茨克家，就該好好的考慮一下，下一步該怎麼處理奧斯卡的問題，畢竟他所處的危險比先前更可怕。比勒不會再給他蘑菇❼了，蘑菇是一種菌類，所以他有可能把奧斯卡拖到森林的某處去嗎？

別傻了！

綁架了一個人，要把他藏在哪裡呢？重要的是，該怎樣安置他？如果能讓他有得吃、有得喝，附近還有廁所的話，就能把他藏得離自己遠遠的，那麼被綁架的人就可以自己照顧自己了。但是比勒綁架的對象都是小孩子，而且幾乎都乳臭未乾，因為極度恐懼，即使面前就有一個塞滿食物的大冰箱，他們還是可能會被渴死或餓死，而且還會不停尿褲子，那可就更糟糕了。不會的，我愈想愈堅信，比勒把他綁架的小孩子就關在他的附近，而且……

……他的附近也就是我的附近！

結論太讚了，里克！

這裡我必須承認，單單思考到這最後一步，我就用了大概兩個小時。噢，好吧，將近三個小時啦。這中間我溜進布拉維茨克家的廚房，外面早就漆黑一片，透過窗子只能看到月亮的一點亮光。沒有窗簾，我也不敢開燈。因為如果比勒知道我還沒有說服警察，他保證還會繼續尋找我。

---

❼ 蘑菇（der pfifferling）在德文中另有「沒有價值的東西」的意思，此處意指比勒認為奧斯卡毫無價值，但里克以為這裡指的是字面上的「蘑菇」。

我喝了水，搜尋廚房裡任何可以吃的東西。雖然知道冰箱是空的，我還是打開來又看了一遍。什麼也沒有。在一個櫥櫃裡，我找到一小包通心粉，可是布拉維茨克家的瓦斯爐實在是太先進複雜，我實在怕得不敢用。只是想煮個蛋，何必把房子弄得天翻地覆！所以我直接打開通心粉的包裝，一根接一根的塞進嘴裡，同時盯著後街房子的外牆看，等著自願把自己炸飛的本霍華小姐的鬼魂現身，在那裡找著她的菸灰缸。

嘴裡的通心粉感覺上有槽紋。波紋管狀通心粉，沒什麼猶豫我就確定了，而懷著一股發自肺腑的悲痛。我想起來了，上個星期五就在布拉維茨克家出發之前，很可能就是胖子托本把那根我撿到的通心粉從他房間的窗戶，或是從頂樓花園的欄杆扔下來，無論如何都很像他會做的事。

一切都是因為那根撿到的通心粉而起，要不是它，我就不會遇到奧斯卡，而現在一切也可能結束在一根最後被撿到的通心粉上，也就是比勒塞在我被割下來的耳朵裡的那一根。

在後街房子的四樓裡，本霍華小姐的鬼魂正從她過去所住的地方的一扇窗後面飄過。我吞下最後一根波紋管狀通心粉，兩眼直直的盯著對面看，因為太震驚了，所以我一點也不害怕。如此的清晰，輪廓分明，我可是從來沒見過鬼魂呢。它從這一邊，我們就說是右邊吧，移動到另一邊，所以是向左，然後有一陣子看不到，再移回來，消失在它起先出現的那個方向，所以還是向……左嗎？

反正都無所謂，因為陰影不見了。而我心裡有個聲音傳出來，起先我以為是賓果小球，到目前為止它們都令人驚異的保持安靜。然而此時聽到和感覺到的卻是另一種聲音。我所聽到和感覺到的，彷彿是一些剛才一直還在耐心等待的小拼圖，現在終於紛紛掉落在它們所屬的正確位置上。

突然間，我明白了一切。

好吧，是近乎一切。

無論如何，我現在知道該怎麼做了。

10 星期四凌晨　後街房子

儘管通往屋頂花園的門開著，馬拉克公寓裡的氣味還是令人難以忍受，一種臭襪子的味道，他的女朋友用的一定是品質很差的洗衣粉。透過半開著的房門，我從走廊裡窺視臥室。馬拉克獨自躺在床上，他的側影有規律的上下起伏，邊打著鼾。

側影（Silhouette）：或輪廓。還有哪種人能想得出這麼古怪的拼寫方式呢？沒錯，就是法國人！自從尤莉說過他們是親吻高手後，我就討厭法國人。而且他們會吃青蛙、蝸牛之類的東西，說不定接吻前還在吃。幸好沒有被他們全部吃掉！

我的心快跳出喉嚨了。要我無聲無息的鑽過會劈啪作響的屋頂花園竹編隔牆，已經是不可能的任務。而後，我又滑倒在通往馬拉克公寓那光滑如鏡的旋轉樓梯上，差一點摔斷脖子，幸好及時抓住了欄杆。月亮高高的掛在天空，但是因為它在離我們將近四十萬公里以外的地方發著光，這裡黑得幾乎就像是待在帝福街九十三號的地下室裡。

地下室……

在這段時間我十分確信，比勒就是經由這條路把他的獵物毫不引人注意的關到後街的房子裡。那邊的地下室和我們臨街房屋的地下室相通，原本所有的住戶都沒辦法進去，因為入口處幾乎被水淹沒了。沒有東西比水更讓我感到恐懼和害怕。所以在我們搬入帝福街以後，我只有和媽媽一起往地下室裡窺探過一次。一盞孤零零、光禿禿的燈泡發出黯淡的微光，空氣潮溼，一股令人作嘔的氣味，還有不斷滴水的聲響，聽起來就好像它們來自神祕莫測的遠方。不，謝了，要進地下室就別再想到里克了！

比勒把孩子從他的後車廂揪出來，在把他們拖進公寓前就先把他們迷昏，也包裝得很漂亮，以免引起別人注意，也許是個大行李箱或者像馬拉克那樣用個麻布袋吧。從墨姆森的一樓公寓旁邊下去就是地下室，涉水穿過那片漆黑……終於從那裡進入了後街房子。他把孩子們關在四樓，直到他們的贖金到了為止。為了不讓他們喊叫，比勒用透明膠帶把他們的嘴巴黏起來，或者在嘴巴裡塞進一條氣味難聞的舊手帕。而每當他要拿東西給他們吃，或者是要帶他們去上廁所而來找他們的時候，就會有陰影從本霍華小姐住處的窗邊無聲的飄過。

這就是我在咀嚼通心粉的時候得出的結論，但是不完整，好像少了什麼東西，這個東西不斷在頑固的折磨著我。總之，是和前進或後退有關，或是左右，或之前或之後，我就是沒辦法表達出來。不知道賓果滾輪機什麼時候會在我腦袋裡開始瘋狂運轉，以致於我擔心，布拉維茨克家在結束休假後，會發現我因大腦燃燒過度而倒臥在他們的餐桌旁。實在有夠令人惱火的，所以，我放棄了。

我的眼睛適應馬拉克家裡黑暗的速度比我想像的快。我決定最後才搜查馬拉克的臥室。馬拉克在裡面酣睡，那裡其實是最危險的地方，希望在其他房間裡就可以找到我要找的東西。我像個蝸牛似的來來回回摸索那個地方。哪裡都沒有跡象，可是後來……

起先我根本沒打算往浴室裡看，但是沒剩下其他房間可看的時候，我還是看了，這也算找到一種暫時還不用去臥室的藉口吧。磁磚地上到處都是水滴，馬拉克睡覺前應該有淋浴。儘管如此，我還是覺得馬拉克是個髒鬼，因為他都不讓他冒著霉味的小房子常常通風。他的工作服就那麼黑黑的一團，亂七八糟的堆在地上。我差一點就要歡呼起來了，那一大串安全鑰匙就繫在他褲子的皮帶環扣上！我盡可能小心翼翼的把它們解下來，不要讓這上百把鑰匙中的任何一個發出叮噹聲。其中有幾個摸起來根本就不像是鑰匙，更像是金屬塊，上面布滿了凸起的小接頭和小疙瘩，說不定是用來開啟保險櫃之類的東西。不過我需要的是把普通的鑰匙。

在外面，我幾乎無聲無息的試驗到第二十支鑰匙，才找到正確的那一支，在馬拉克屋頂花園旁的白色小房子，它那低矮的大門終於向外彈出來。

我早就嚇出了一身冷汗。

樓梯間非常冷，就像有人打開了一座墳墓。我把自己縮成一團，沿著損壞的階梯愈往下走，愈覺得毛骨悚然。被白色黴菌覆蓋的階梯在我不安的腳下發出嘎吱嘎吱、喀嚓喀嚓的聲響。骯髒潮溼的牆上，滴著黏液的蟲子朝外捲曲著，好像有被折磨致死的靈魂呻吟聲從地層深處的刑訊室裡傳出來，魔音傳腦般鑽入我的耳膜。

這樣的景象就跟恐怖片裡的一樣，那是大鈴阿姨不知什麼時候拿錯了帶回來的。我覺得那部片子很棒，無論如何也想看完它，大鈴阿姨卻相反，一直把臉藏在她的靠枕後面，偶爾露出一下，只是為了要拿另一塊小馬芬堡。我真是搞不懂，為什麼她會這樣呢？畢竟當間奏音樂響起的時候，她也一直還在看呀！

不，雖然樓梯間真的很冷，而且被釘死的窗戶又使這裡更加黑暗，就像有人拿布蒙住了我的眼睛，但是我不害怕。噢，好吧，是有一點兒啦。我首先要注意的是，不要去想任何可能令人毛骨悚然的事，這不難。過去幾個小時以來，我考慮了很多，我的腦袋感覺上就像是一臺正在脫水的洗衣機。而我要格外注意的就是，在這種陰暗中絕對不要邁錯腳步。瓦斯氣爆後，後街房屋被封起來不是沒有原因的。「倒塌的危險」意謂著我腳下的每一階階梯和我倚靠的每一面牆，都有可能會在我手中碎裂。

另一方面，顯然到目前為止，比勒都沒有出過問題。他每次一定都是從地下室爬上來的，但跟他不一樣的是，我不需要走那麼遠的路。從小白房子出發，我很快就能直接到達六樓，往下走四段樓梯就到四樓了。

在那裡依然要試鑰匙，我都已經算到了。沒有手電筒或其他可以發光的東西，這會是最困難的一部分。但是這一次的速度甚至比在屋頂時還快，只試了幾下，我就突然站在死去的本霍華小姐的公寓裡。馬拉克保全公司的這串鑰匙真是個奇蹟。

我把門關上，輕聲又激動的呼喊奧斯卡的名字。沒有人回答，他一定被藏在最後面的那幾間屋子裡。他的嘴一定被封住了，並且毫無知覺的躺在某個只鋪著乾草和麥桿的角落。

房子已經完全清空，沒有家具，沒有鬼魂，什麼也沒有，聞起來有種灰塵和煤煙的味道，此外，空氣中還飄浮著一股美妙的、淡淡的紫丁香香味。是紫羅蘭，一定是本霍華小姐的香水味道，它不僅經歷了瓦斯氣爆和公寓大火，經過這麼多年還殘留著。不知道為什麼，這種想法讓我感覺莫名的哀傷。

我躡手躡腳的經過走廊，經過廁所、廚房和一間房間。裡面沒有人，什麼也沒有。透過骯髒的玻璃，模糊的光線從外面射進來。藉著其中一扇窗子，我望向對面的公寓外牆，幾乎可以清清楚楚看到比勒在他明亮的廚房裡，我差一點兒就心臟病發了！這個爛人沒有顯出任何驚慌的跡象，除了爐灶上一只小鍋子正冒著熱氣。比勒一定不會放著它不管，即使他可能打算再到奧斯卡那裡去瞧瞧，但此時也許正在給自己煮一些吃的東西。

我必須抓緊時間。

隔壁的住家，也就是費茲克的家，窗簾已經拉上了，後面點著一盞燈。我想，這個時間那個一身臭氣的老傢伙會在他的公寓裡做什麼呢？他一定在整理收集到的小孩的頭吧。

走廊在公寓後端的穿堂前結束。

上了鎖。

試鑰匙。

第九次嘗試後成功了。

開門進去。

這時，我能透過窗戶看到斜下方自己的房間。當然是一片黑暗，但是突然間我有一種全然令人毛骨悚然的想法：如果下面的燈突然亮起來，而我能看到里克從窗前驚恐的瞪著我時，我將會怎麼反應？因為他此刻看到的是我的鬼影啊！

天哪，怎麼會這樣啊？

我想，如果我是比勒，我就會給這扇窗拉上窗簾，或是把它完全封死。可是我又想到，那樣臨街的住戶們馬上就會注意到了。所以，最好還是耐心接受夜色的保護，讓鬼影跑來跑去吧，至少到今天為止都沒有問題。真是個狡猾的傢伙啊！

「奧斯卡？」

還是沒有人回答。

我變得愈來愈緊張，慢慢的走過所有房間。沒用到鑰匙，甚至最後一道門也輕而易舉的過去了，我多希望它被鎖著啊。我小心的把它推開，黑壓壓的漆黑一片，從穿堂射過來的微弱月光不足以照亮室內最後面的角落。

「奧斯卡？」

什麼也看不見，我笨拙的往前摸索著五、六步，然後同時發生了兩件事：本霍華小姐的紫羅蘭香水味突然變成皇家起司漢堡的味道，而我的膝蓋和額頭也同時砰的一聲狠狠的撞在牆上，害我忍不住喊叫和咒罵起來，但還是盡量壓低聲音。

「你找到我的小飛機了，是吧？」一個聲音說。

膝蓋和額頭馬上就被拋到腦後，一陣輕鬆感使我笑得如此開懷，以致於我都覺得自己的嘴角好像跑到腦袋外邊去了。

「只是偶然的，」我回答：「它已經進垃圾箱了。」

「然後你又去找過蘇菲。」

「對啊，但是她什麼也沒跟我說，因為擔心你。所有的事都是我一個人獨自想出來的。」

好啦，至少大部分是嘛。有關蘇菲無意間說到的叮嚀人提示，我可以晚一點再告訴他。就目前來說，終於能使奧斯卡深受感動，我已經很滿意了。

「你在這裡，我好高興，」他的聲音說：「你從哪裡拿到的鑰匙？」

「偷馬拉克的。」

「真是太聰明了。好了，現在先把門關上。」

「為什麼？」

「因為要開燈，這樣才不會讓這裡的光線跑到外面去。只有把門關上以後，才能開燈。」

「啊哈，有這種事嗎？」

「跟冰箱的原理一樣，只是反過來了。」

去想像相反的事總是非常困難，特別是當人們此時經歷了夠多的困難。「你想要說的是，」我自言自語的說：「如果把冰箱的門關上之後，裡面的燈就不亮了？」

奧斯卡輕輕的呻吟了一聲。

「你受傷了嗎？」我關切的問。

「把門關上就好了。」他回答我。

花了一段時間，我才在一陣叮噹作響後再次找到讓我進來的鑰匙。奧斯卡耐心的等著，一句話也沒說。

當室內亮起來，而我瞇著眼睛終於看到他時，起先幾乎不敢相信他就是那個被綁架的人！他蹲坐在一張破爛的老舊床墊上，周圍散亂的放著數不清的麥當勞紙盒和紙袋，還有十幾個空的可樂瓶。簡直就是個豬圈嘛！比勒還在牆上貼了厚厚的墊子，看上去好像到處都是棉花，天花板也一樣，只有一隻可憐的、毫無遮掩的省電燈泡在那裡晃動著。這樣的景象我曾在偵探片裡看到過，被隔音了，即使人在裡面喊破喉嚨，外面也沒人聽得到。

牆上的軟墊是淡綠色的。**綠色的房間**，我邊想著，接著打了一個有生以來第一次真正徹骨的冷顫。

奧斯卡本人看起來還好，是啊，畢竟他昨天才被關在這裡。然而我卻把他想像成穿著破爛衣服、臉上滿是汙漬等落魄模樣。沒戴藍色安全帽的他顯得令人驚異的無助，而那對招風耳真是出奇的大，但也就是這樣而已。他身上唯一顯得不太一樣的東西是一條短短的鍊子，把他的右手臂牢牢固定在一個粗粗的金屬環上。金屬環凸出在他頭頂的牆上，那個高度剛好讓他沒辦法躺下來，他一定是坐著睡覺的。

這是第二個令我徹骨的冷顫。

我偷偷東張西望，尋找廁所。不知道在什麼地方一定有一個，否則室內聞起來就不會是起司漢堡的味道，而是尿騷味。

「廁所在前面的走廊，就在公寓大門後面。」奧斯卡說，好像他猜到我在想什麼。「跟這裡一樣，都被隔音了。」

所以，和我想的完全一樣，每當比勒陪著小孩子去上廁所時，鬼影就從本霍華小姐的公寓一閃而過！

奧斯卡的綠色眼睛滿是歡喜的注視著我，露出他那沒刷的大牙齒（都是因為比勒這卑鄙的傢伙），而突然間，我覺得自己必須表現得像個大哥哥。我因為太自豪了，以至於臉漲得通紅。是我救了奧斯卡！至少已經救了一半。

「那是什麼樣的鍊子？」

「我想，是優質鋼材吧，」奧斯卡說：「很有可能是非合金的，也就是說，錳的含量小於百分之零點八，而矽的含量小於百分之零點五。如果含量超過的話，那麼……」

「夠啦！我該怎樣把你放出來呢？」

他抬了抬右臂，比勒把短鍊的另一端和一支手銬拴在一起。「它的鑰匙就在那裡面。」奧斯卡說。

「在什麼裡面？」

「在那堆鑰匙裡，我的天哪！就在你手裡！」

「直說就好了嘛！」

「你學的可是德語耶！」

一般情況下我會生氣，但是這時候我盡力控制自己。如果被強迫吃了太多的漢堡和起司堡之類的東西，人可能會變得有一點尖酸刻薄。在我說出會讓我出盡洋相的問題之前，也就是奧斯卡怎麼可能在這麼短的時間裡吃下這麼多的東西，特別是喝下這麼多的可樂，而沒有讓棕色黏液從他的鼻子裡流出來，我突然明白了，這些包裝垃圾一定是六個受害者共同製造的。

有什麼東西阻擋著我，想到這一點，突然間又是那種令人煩惱的感覺，我腦袋裡的賓果小球往錯誤的方向滾動，是往前還是往後，是向左還是向右，是之前還是之後。但就像上一次一樣，我還是完全搞不懂，甚至懂得比上次更少，因為這一次我必須全神貫注在解救奧斯卡的這件事上。

要找的鑰匙很快就找到了，是最小的那一把。我一把手銬打開，奧斯卡就把它摘掉，揉了揉手腕。他從床墊上站起來的時候，膝蓋發出喀噠一聲，不禁痛苦的脫口叫了出來。

「這段時間你就只是這麼坐著嗎？」我問說。

「什麼叫『就只是』？」他仔細的查看被磨出傷口的手腕，額頭上出現一條豎著的、生氣的皺紋。「坐著很辛苦的！」

11

還是星期四 逃亡

親愛的衛麥爾老師：

真希望不要聽到您抱怨說，很高興寫到這裡就該結束了！事情的發展實在很戲劇性，而可能讓您感覺欣慰的是，雖然我目前仍在醫院裡，但至少還可以繼續寫下去。

別忘了您承諾的特別獎賞。

致以崇高的敬意！

弗瑞德里克．多瑞提　敬上

走路似乎沒有坐著那麼辛苦，至少奧斯卡沒有抱怨。往前走的時候，透過前面屋子的窗戶，我看到比勒家的燈還亮著，甚至能清清楚楚的看到那個會肢解小孩的劊子手。簡直太過分了，他正從冰箱裡拿東西來喝，同時還在對著手機胡扯。很可能他又在罵奧斯卡的爸爸了，那樣更好。如果奧斯卡和我這次沒把後街的房子弄垮，我們就能偷偷溜走，然後去報告警察。他們應該會相信奧斯卡，不像對我那樣，因為他就活生生站在他們面前。我們只需要把握時間，就在比勒發現之前。

我們手牽著手，來到窗戶都被釘死的樓梯間，又是一片黑壓壓。就在我要踏上通往屋頂的小白房子的階梯時，奧斯卡使勁把我拉回來。看不見他的人，卻聽得到他的聲音，感覺很奇怪。

「你瘋了嗎？」他發著噓聲說：「往上走我們會自投羅網的！」

「往下走才會自投羅網呢，」我回答說：「畢竟他是從地下室上來的！」

「什麼地下室？」

「就是他把你帶到這裡的地下室啊。」

也許在黑暗中，奧斯卡的理解力會意外的變得遲鈍。我想，說不定天才只有在明亮處才是聰明的。

「為什麼他要帶我通過地下室？」他說。

「因為沒有其他的辦法可以到後街房子去嘛！」

「可是你也辦到了啊！」

氣氛愈來愈緊張了。就在我們還在這裡爭論的時候，比勒很可能已經向我們靠近了。

「我是從馬拉克的屋頂花園到這裡來的，」我耐著性子解釋說：「從那座小白房子，你還記得嗎？用馬拉克的鑰匙。比勒怎麼可能過得來嘛？」

「比勒？」奧斯卡的聲音聽起來，好像他一點兒都不明白。「這跟比勒有什麼關係？」

這是第三個令我徹骨的冷顫，我也第三次意識到我的想法可能搞錯了方向；只是那種感覺不再只是小口的咬著我，而是無情的向我猛撲過來。我真是個大白痴！是啟智學校所見過的最弱智的弱智！我的錯誤不在於左右，也不在於向前或向後。它只是之前取代之後的問題：比勒住在帝福街才一個星期啊！而我很早很早以前就看到了鬼影，第一次是幾個月前，綁架案剛開始的時候。比勒為什麼要、又怎麼可能把他的受害者帶到這裡來呢？

「是馬拉克！」我難以置信的小聲嘟噥。「保全管理，側重……什麼重點！」

「我已經發現他的行蹤了，」奧斯卡說：「蘇菲記得他叮噹作響的鑰匙串，還有他紅色的工作服上有一只金色的保險箱。」

「那麼，蘇菲，」我說：「你究竟是怎樣找到她的？」

「我到處打聽，到騰本霍夫區的每一所小學。」

「為什麼是她？為什麼不是其他的孩子？」

「她是第二個受害者，而且還有報紙上的那些照片。蘇菲看起來是最有可能把她所知道的東西告訴你的人。」

「鑰匙串和紅色的工作服，」我輕聲的重複著，「馬拉克。天哪，怎麼會是這樣？蘇菲應該告訴警察的！」

「她害怕啊！」

「她一直都怕，但是至少你應該告訴警察啊！」

奧斯卡不出聲了，我想像眼前的他是怎樣和蘇菲交談的。蘇菲是如何向他吐露只有對一個孩子才會吐露的事。終於有人可以傾訴，她是如何幸福又感激的把她的紅色小飛機送給了奧斯卡。奧斯卡把小飛機別在身上，一個頭上罩著藍色安全帽同樣感覺幸福的小男生，他沒有朋友，因為對這個世界來說，他太聰明了。

「我答應她不會告訴任何人，」奧斯卡咕噥著：「我媽媽曾對我說，絕對不可以食言。」

我竭力保持鎮定。有什麼東西壓在我的肩上，擊打著我的心靈，就好像包圍在我們周圍的這團黑暗長出了手腳，有了重量。「然後呢？」我輕聲問。

「然後我從電話簿上抄下了柏林所有鎖匠的地址，」奧斯卡繼續說：「幾個星期以來，我每天下午放學後就去找他們，最後偶然發現了馬拉克。電話簿上只有他的手機號碼，沒有地址。他開車到另一家提供鑰匙服務的公司，而我正在那裡觀察。也許他只是來找同事。我站在街道的對面看著他下車，就知道我抓到他了，至少幾乎抓到他了。他沒有在那裡待很久，但是對我來說，這段時間已經足夠讓我攔截一輛計程車來跟蹤他。」

「哈，我也搭過計程車！」

「但是你沒有半路就被扔下來，對吧？在一個等紅燈的地方，那個該死的司機轉向我，想知道我到底會不會付錢。我身上沒什麼錢，所以他拒絕再往前開。那裡是烏爾班街，我看到前面很遠的地方，馬拉克在閃側燈，然後拐進了格林街。後來我走路跟過去，他的車停在帝福街，但是我不知道他消失在哪棟房子裡。我等著。大概兩個小時後，他離開了九十三號。那麼，就只有兩種可能：一種是他只是來拜訪客戶……」

「……另一種就是他住在那裡，」我說：「對不對？而為了查出真相，你在帝福街上走來走去，就在那個時候遇到了我。」

我沒有看奧斯卡，但是我知道他在點頭。此外，我還感覺到嘴裡有一種苦澀的味道。

「你利用了我，只是為了要進到公寓裡！為了要追蹤馬拉克！為了要查明他是否住在這裡！」

還是沒有人回答。我也不再說什麼，沉默像墨黑的水窪在我們周圍蔓延開來。我們應該悄悄溜走，現在反而站在一個有倒塌危險的樓梯間，伸手不見五指，相對無言。我是因為失望，而奧斯卡，也許他因為不知道該怎麼向我道歉。

「剛開始，」他終於開了口，又停頓了一下，「剛開始我沒有把你放在心上。因為我真的只是想進到公寓裡。但是在屋頂花園上……」

「……你在那裡終於發現了你要找的東西……」

「……對不起，我是利用了你。可是我喜歡你，里克！你是我唯一的朋友。你沒有取笑我，你還冒著生命危險來找我。」他最後那幾個字說得像是耳語一樣輕聲：「你不顧自己的安全。」

我嘟囔了一下。除了奧斯卡，我也沒有其他的朋友。值得注意的是，在實際生活中，人們跟那些不怎麼聰明的人不難相處，同樣的道理也適用於那些不怎麼笨的人。我想起那天下午在屋頂花園上，奧斯卡如何把他溫暖的小手放在我的手中，那真是非常美好的感受。不是蓋的，我真的有那種感覺。

「你是怎麼被綁架的？」我終於說。

我聽到一聲輕快的呼吸。「很簡單。我原本打算星期二早上這麼做，但是後來另做打算了，因為我答應去找你。」

「不戴安全帽？」我難以置信的說。

「你在我身邊，我沒有那麼害怕。」奧斯卡輕聲的嘀咕，然後快速的繼續說，似乎覺得很難為情。「我搭地鐵到科特布斯門站，從那裡準備走到帝福街。但是在格林街時，我迎面碰到了馬拉克，就上了他的車。」

我感到一陣天旋地轉。那天，我從客廳的窗子看到了馬拉克走出公寓的大樓！不到一分鐘後他就遇到了奧斯卡，或是奧斯卡遇到了他。

「那是一個我不該錯過的機會！」奧斯卡說：「所以我問他，他能不能讓我搭個便車，我爸爸昨晚去了酒吧沒有回家，我要去找他等等什麼的。哎……這麼倉促，還能想出什麼來嘛。」

否則就得要有親身的經歷囉，我想。

「至少他讓我搭上車。過了三個紅綠燈，我就把我爸爸的手機號碼告訴他，而馬拉克把什麼東西噴到我臉上。我醒過來的時候已經是下午了，那時他正在他的公寓裡把我從麻布袋拖出來。我的嘴被封住，手被綁著，腦袋暈暈的，但我……」

「你曾在他的麻布袋裡？」

「我覺得是，看起來很像。」

我不知道，還有什麼更能讓我感到六神無主。馬拉克上午把奧斯卡迷昏，並且不知道在什麼地方神不知鬼不覺的把他裝進袋子後，還十分鎮定的一直工作到下午。我不是在樓梯間遇到他，而且還聊了一會兒嗎？那個時候奧斯卡就被裝在我們腳下的麻布袋裡啊！我打算，這一點等很久以後再告訴奧斯卡。對我來說，刺激已經夠大了，而關於馬拉克實際上可能根本沒有什麼女朋友在幫他洗衣服之類的，乾脆就不要提了。

「在那段時間裡我至少辦到了一件事，讓我的一隻手可以得到自由，」奧斯卡繼續講著：「嗯，在馬拉克把我抓進小白房子的時候，我馬上就認出來了，趁他沒注意，我把小飛機從襯衫上摘下來，扔過了圍牆。」

「為什麼要這麼做？在你爸爸幫你付了贖金以後，馬拉克就會放了你呀！然後你就可以告發他，所有人都會相信你的。」

有一陣子我只聽到奧斯卡的呼吸聲。「我不確定，」最後他終於小聲的說：「那筆錢，我爸爸……他能不能很快的籌到那筆錢。還有其他的事。」

最後一句話聽起來是那樣莫名的悲哀，似乎奧斯卡也不確定他爸爸到底會不會幫他付贖金。

「在這種情況下，」他繼續說，聲音還是很小，「你是我唯一的希望。雖然那只是個非常小的飛機，但顯然已經夠大了。」
又是一陣沉默。
「故事還滿長的嘛，」一個聲音從我們頭頂上傳起來，「但還是要感謝那些極富啟發性的描述囉！」
一只手電筒照得人眼花撩亂。
奧斯卡和我同時發出尖銳刺耳的叫聲，我們開始跑，順著樓梯往下跑。剛才一直在離我們不遠的幾階樓梯上偷聽我們講話的馬拉克，此刻也立刻大聲叫罵著追趕我們。那是一種多麼奇怪的幸運啊，因為馬拉克的手電筒不僅幫他照了路，也幫我們照了路。我們又跳又喊，呼嘯著穿過後街房子，而我心裡想，當初是哪個笨蛋說這是棟有倒塌危險的房子，它簡直抵抗得住砲彈轟炸！
來到一樓，鎖著的大門後就是後院。我把鑰匙串塞到奧斯卡手裡，因為他比我聰明。
「你來開！」我急促的說：「我來引開他！」
馬拉克從我們後面竄出來，好像是個剛從游泳池裡爬上來的跳水運動員遭到了泥土炸彈的轟擊。他的手電筒喀啦一聲掉在地上，滾到了一邊，頓時塵土飛揚。藉著燈光，我看見奧斯卡站在我身邊一動也不動，好像他偏偏現在想體驗一下裝成樹木或紅綠燈之類的東西會有什麼感覺。也許有人會說這就叫做嚇得目瞪口呆，而他身後的牆上現出三個影子，兩個小的，一個超大的。

「一切都結束了！」馬拉克斬釘截鐵的說。

如果能幫憤怒稱重的話，他的憤怒至少有一桶重吧，絕對不會少於五十公斤。我不知道該怎樣攔阻他，才能幫我們擠出時間，讓奧斯卡從驚嚇中解脫，但是我必須想出來。我感到賓果滾輪機在我的身體裡已經慢慢啟動，如果我再多等五秒鐘，一切就都太晚了。於是我拋給他我最先想到的問題，就像是個能馬上停下來的剎車片。雖然我更願意在類似喝咖啡的時候舒舒服服的向他提出來，但在我們中間隔著欄杆、在某所不會被越獄的監牢裡，這恐怕是最優的狀態了。

「你為什麼在綁架後要打電話給奧斯卡的爸爸，而不是像前幾次那樣寫信呢？」

馬拉克惡狠狠的瞪著我，但他回答得毫不猶豫。「這樣才能更快啊，」他咆哮著說：「這樣我才能盡快擺脫這個自以為是的討厭傢伙！」

呆若木雞的奧斯卡連睫毛都沒眨一下，即使他的綁架者那壯碩如牛的臉就在他面前晃動。

「你絕對是我幹這行所碰到最可惡的孩子！」馬拉克喘著粗氣對他說：「你知道，在中世紀的時候人們會怎麼看你嗎？你是個怪胎！是上帝的懲罰！你這樣的小孩，四百年前會在公眾面前被火燒死！」

「中世紀，」奧斯卡輕蔑的說：「是五百年前結束的，然後開始了文藝復興。你這個瘋子！」

我不知道文藝復興，但它一定很可怕，因為馬拉克往後退了一步。有一瞬間，我怕他會摑奧斯卡一記耳光。然而，他突然換上了一副有史以來最討人喜歡的面孔，在偵探片裡這總是標誌著，凶手的櫃子裡已經變不出把戲了。而就我所認識的馬拉克，此刻我可以百分之百確定的說，他從來就沒有過櫃子！

「其實我喜歡小孩！」他以甜言蜜語的聲音說：「甚至非常喜歡。只是他們的家長應該更關心他們，其他的我根本沒有多想。外面的世界極為險惡，錢對我來說根本無所謂。好啦，好啦，就是這樣，我喜歡小孩，甚至連智障的也愛！」

這時，他冷不防的轉過身來對著我。越過他的肩頭，我看到奧斯卡終於動了，感覺如釋重負，好像他就是在等待有機會陳述文藝復興以後，才能開始動手。他開始小心又不出聲的在鎖的周圍摸索著。

「但我也愛我的自由！」馬拉克的呼氣都吹到我的臉上。他一副獰笑的表情，好像有人從中間割開了小丑的面具。「你不該插手多管我的閒事，里克．多瑞提！現在恐怕我必須把你這隻多管閒事的手切下來了。」

他向我逼近一步。

我皺著眉頭。

事情不太對。

「順序不對。」我說。

馬拉克愕然的停下來。「什麼順序？」

「跟切有關。因為首先要切的是耳朵。」我開始極為自豪的列舉我所記得的所有從菲利克斯那裡學到的事。「綁架者總是先切掉一個人的耳朵，而且是兩邊。然後是一隻手，接下來是……」

「你這個智障的小傻……」

「**你不要打斷我！**」太過分了，人家好不容易才記住，卻有人來搗亂！我是如此生氣，以至於我還繼續發飆喊著。

「接下來是上面的手臂！另一隻手要先留著，這樣才能寫求救信！但我也要告訴你，我媽媽最多只會把議會大廈打破！而且，哼……說完了！」

對著馬拉克高聲叫罵，還真的起了作用，即使我事後回想起來必須承認，我的說法不是特別聰明。如果他知道從媽媽那裡拿不到什麼錢的話，他可能立刻就砍掉我的兩隻手臂，再對兩條腿下手。值得慶幸的是，他沒有時間想到那一點。

我的背後響起喀嚓一聲。門打開了，慘淡的月光像牛奶一樣傾洩在樓梯間。我如閃電般的從馬拉克身邊跑過去。如果不是因為奧斯卡個子太小，我也許不會沒看到他。不知道為什麼他沒有馬上跑，甚至應該跑在我的前面，但是他好像站在那裡等著我。我跑過去撞到他，就在門框的底下。

我們兩個都摔倒了。我從奧斯卡旁邊猛的向後院竄過去，用前臂支撐著滑過龜裂堅硬的地面，我知道手臂流血了。有什麼重重的東西踩在我的肚子上，疼痛難忍，接著是一聲大叫，馬拉克被我絆倒了，像倒下的樹木一樣匡噹一聲砸到地面。奧斯卡在我旁邊吃力的爬起來，還向我伸出一隻手。我抓住它，呻吟著站了起來。

「繼續跑，快！」我氣喘吁吁的說。

我們又開始狂奔，奧斯卡在我前面，發出尖銳刺耳的喊叫聲，甚至能把那個被綑綁住的希臘英雄O（就是那個騎著木馬，太太被一大群人包圍著的人）從船的桅杆扯開。我跑得比奧斯卡快，超過了他，首先到達臨街房子的後門。

那扇巨大的、**被卡住的門**！

我雙手一起壓住門把，用盡全身的力氣想推開門，那邊原來還是能打開的，現在卻幾乎動也不動，只開了三、四公分，形成的那個小縫甚至連奧斯卡都沒辦法鑽過去！

我急速轉過身，背對堅固的大門。奧斯卡緊緊貼著我，雙手抱住我的腰。月色中，我看到馬拉克又站了起來。他惡狠狠的瞪著我們，緊接著就向我們撲過來，如同發了瘋的公牛。

「警察！」一個聲音在我們頭上喊著。我迅速抬頭看，上面，在五樓，比勒站在窗前，伸出的右手拿著一把槍。「不許動，否則我要開槍了！」

然而，馬拉克早就追上了我們。他朝著奧斯卡和我壓過來，像一座充滿力量和憤怒的可怕大山。我用雙手保護奧斯卡的頭，卻挺直我的頭，瞪視著馬拉克的眼睛。可惜，媽媽和奧斯卡對這項技能的掌握都比我強，它根本沒起任何作用。

我最後聽到的是一聲非人的嚎叫，看到的是兩件從天而降的東西，一件朝著我，另一件朝著馬拉克。朝著我降落下來的是馬拉克握緊的拳頭，它正中了我的右太陽穴。我慢慢倒下、眼前發黑的時候，馬拉克的臉令人十分錯愕的變了形，他抓著流血的額頭，同樣也倒下了。

不知過了多久，我醒了過來。我被抬著穿過門廊。我抬眼看到比勒的臉，他正抱著我。有人用力推開大門，很可能是墨姆森。有人在啜泣，很可能是大鈴阿姨。

有人興奮的講個不停，很可能是奧斯卡。閃爍的紅光照亮了帝福街九十三號前的馬路，而我仍然抬眼看著比勒。就像是在夢中，我聽到我自己的、幾乎是聽不清的耳語，而比勒把我緊緊的抱在他懷裡，他明白我的每句話。

「有一天，我爸爸和朋友駕著小船出去，離那不勒斯的海岸不遠。那是一個有暴風雨的秋天，黑色的浪花打得很高，白色的泡沫在上面翻騰。我爸爸甩出他的釣竿，一條大魚上了鈎，然後一場生與死的搏鬥展開了。最後大魚獲勝了，牠把我爸爸拖下甲板，於是我爸爸在深藍色的海水中淹死了。」

12

星期四 美好的前景

剛剛媽媽來醫院看我，其他人還不能進來；比勒不可以，大鈴阿姨不可以，貝爾茨不可以。基辛林和墨姆森也不可以，雖然我很開心知道，這兩個人還會詢問我的狀況。甚至連奧斯卡他們也不讓他進來，要到明天我才能見到他。而所有這些都只是因為一次小小的腦震盪！

「媒體都在下面守著。」媽媽站在我單人病房的窗邊，向外望著。「都排到護城河邊了。」

「我現在出名了嗎？」

她嘆了口氣。「這是不可避免的。你和奧斯卡。但是只有幾天，我們活在一個快速的世界裡，它遺忘的也很快。」

當她進來，一句話也不說就把我小心的抱在懷裡，我立刻感覺悲從中來，大哭了起來。她穿著黑衣服，使她看起來如同是一小片午夜，而她的臉上盡是悲傷。我想，這一切都是我的錯。但是我錯了，克里斯提安舅舅昨天過世了，我知道媽媽跟他相處的不是很好，但他畢竟是她的哥哥。

只是因為我，媽媽才必須返回柏林幾個小時，現在她又得去左下方，因為還有葬禮和其他的事要處理。對她，我真的感到很抱歉，但是我也有一點點高興，現在不用把我和克里斯提安舅舅一起放在他的棺材裡了；對克里斯提安舅舅來說，一定也會感覺舒適些。

「你知道有多荒謬嗎？」媽媽說著，從窗邊走向我的床邊，在那裡坐下。「克里斯提安把所有的東西都遺贈給我，因為他沒有其他的親人。這多麼可悲啊，你不覺得嗎？」

「什麼叫遺贈？」

「贈送、遺留。他所有的財產，錢、汽車……所有的。」

「我們現在有錢了嗎？」

「怎麼看都行。他還有一棟房子……」

「那我們要搬家了嗎？」我吃驚的喊著。

「不一定。」媽媽輕輕拂過我包著繃帶的手臂，定睛看著我的眼。「但是會有那麼一天的。」

這簡直難以想像！而帶著腦震盪去想就會更困難了。但是我裡面的某個東西自行思考了起來：如果我必須搬家到地圖上左下方的位置，那麼我將失去奧斯卡這個朋友，還有大鈴阿姨和小馬芬堡。那麼在衛麥爾老師有機會讀我的假期日記之前，我必須再找一家啟智學校。那麼，媽媽和比勒無論如何是沒機會成功了，而左下方保證也沒有賓果俱樂部。

媽媽怎麼能做出這樣的決定而事前竟然沒有和我商量呢？我生氣的看著她，心想，這有什麼好笑的。

「你知道嗎？我聽說，」她慢條斯理的說：「帝福街某棟公寓不久就要有房子空出來了。就在上面六樓，有屋頂平台的，在那裡可以看到整個柏林呢。」

積雪好像在融化。

「那我們就要住到比勒的樓上啦！」我脫口而出。

「沒錯，就在那個警察的樓上。」

誤會了比勒，讓我一直覺得非常不好意思。可是我又怎麼會知道，他不僅是個刑事警官，而且還被任命追查綁架案！所以在奧斯卡的綁架案被公布以前，他就已經能夠在地圖上畫出六個紅圈圈；所以他會和奧斯卡的傻爸爸打電話，還在手機裡罵他；所以接報案電話的那個男人覺得被我惡搞，因為我試圖告發的偏偏是調查此案的警官。

就算有正常智商的腦袋，要到現在也才想得到啊！好啦，也許珍．馬波小姐自己就想得到，她可是比我聰明太多了。然而在這方面我也不是一無是處，下次如果再有人被綁架的話，我就可以請比勒來幫忙了。

「你還認為，他是個令人印象深刻的傢伙嗎？」我小心的問媽媽。

也許我最好不要問，因為她的臉上突然又顯出那種既疲勞又憂傷的表情，星期一比勒來訪後，她坐在思考椅上就是這副表情，只是這次多了一個淺淺的微笑。雖然媽媽在離開之前沒有回答我，只在我綁著繃帶的額頭上親了一下，我還是多少獲得了一點希望和信心。

好了，就到這裡。從現在開始，暑假日記也要放假了。我要先休息一陣子，讓賓果滾輪機回歸正常。這最後一部分我是用手寫的，寫在筆記本上，那還是拜託媽媽幫我買的。下星期出院以後，我要把這些都輸入到電腦裡，因為拼寫規則啦。

正字法（Orthografie）：是拼寫規則（Rechtschreibung）的複雜說法。從這個字就可以看出，我在拼寫方面會有困難是毫不奇怪的，因為拼寫規則這個單字裡面就包含著右（Rechts）這個方向。所以囉，也應該會有Linkschreibung（Links是「左」

的意思）這種東西。願上帝保佑我！

我必須抓緊時間，因為馬上就要吃晚飯了，如果蕾歐妮護士發現我一整個下午都在這裡偷偷鬼畫符的話，一定會生氣的。她真的很能幹，長得也漂亮，是尤莉和護腳美容師莘蒂的綜合體，雖然我一直都還沒有看到她的胸部。現在要把筆記本收起來了，其實我已經把我能講的都講了。

只有一點除外。

因為剩下的問題就是，為什麼費茲克在他發臭的公寓裡不是只收藏了一塊大石頭，而是在那裡還有上百個大大小小的石頭圍在周圍？可是費茲克不願意向任何人洩漏他的祕密，就連比勒也不行，雖然他們現在是鄰居，況且，他也沒有透露給任何平面或電子媒體，即使他現在也是一個英雄了，就像奧斯卡和我一樣，那也是成功的助力。

可是，為什麼偏偏是費茲克呢？噢，不！他只會對著大家咆哮說，反正也沒有人禁止在住家裡收集石頭，所以沒什麼好說的！也許他有他的道理，而我日益感到輕鬆的是，那天午夜他用力丟到後院而且正中馬拉克腦袋的，並不是小孩子的頭。

儘管如此，我相信費茲克一定有什麼祕密。一般人是不會收集石頭，只為了在午夜時把其中最大的那個扔出窗外；不是為了要擊中馬拉克或是那兩個尖叫不休、干擾他睡眠的小男孩，而是另有原因，費茲克是這麼說的！

天哪，怎麼會有這樣的人啊？

也許明天我該把這件事告訴奧斯卡。

是的，沒錯，明天我一定要告訴奧斯卡。

通心粉男孩

作者／安德里亞斯．史坦哈弗（Andreas Steinhöfel）
翻譯／潘世娟

主編／林孜懃　特約編輯／楊憶暉
封面設計／幸會　企劃經理／金多誠
出版一部總編輯暨總監／王明雪

發行人／王榮文
出版發行／遠流出版事業股份有限公司　台北市南昌路2段81號6樓
電話：(02)2392-6899　傳真：(02)2392-6658　郵撥：0189456-1
著作權顧問／蕭雄淋律師
輸出印刷／中原造像股份有限公司
□2016年 3月 1日　初版一刷
□2021年 4月30日　初版六刷

定價／新台幣250元（缺頁或破損的書，請寄回更換）

ISBN 978-957-32-7790-3
YLib 遠流博識網 http://www.ylib.com　E-mail:ylib@ylib.com

國家圖書館出版品預行編目（CIP）資料

通心粉男孩 / 安德里亞斯 . 史坦哈弗（Andreas Steinhöfel）著；潘世娟譯 . -- 初版 . -- 臺北市：遠流，2016.03
面；　公分
譯自：Rico, Oskar und die Tieferschatten
ISBN 978-957-32-7790-3（平裝）

875.57　　　105001777